AF202287

Tucholsky Wagner Zola Scott Sydow Freud Schlegel
Turgenev Wallace Fonatne

Twain Walther von der Vogelweide Fouqué Friedrich II. von Preußen
Weber Freiligrath Frey

Fechner Fichte Weiße Rose von Fallersleben Kant Ernst Richthofen Frommel

Engels Fielding Hölderlin
Fehrs Faber Flaubert Eichendorff Tacitus Dumas

Feuerbach Maximilian I. von Habsburg Fock Eliasberg Zweig Ebner Eschenbach
Ewald Eliot Vergil

Goethe Elisabeth von Österreich London

Mendelssohn Balzac Shakespeare Dostojewski Ganghofer
Trackl Lichtenberg Rathenau Doyle Gjellerup
Stevenson Hambruch
Mommsen Tolstoi Lenz Hanrieder Droste-Hülshoff
Thoma

Dach Verne von Arnim Hägele Hauff Humboldt
Reuter Rousseau Hagen Hauptmann Gautier
Karrillon Garschin Baudelaire
Damaschke Defoe Hebbel
Descartes Hegel Kussmaul Herder

Wolfram von Eschenbach Dickens Schopenhauer Rilke George
Bronner Darwin Melville Grimm Jerome Bebel Proust
Campe Horváth Aristoteles

Bismarck Vigny Barlach Voltaire Federer Herodot
Gengenbach Heine

Storm Casanova Tersteegen Gilm Grillparzer Georgy
Chamberlain Lessing Langbein Gryphius
Brentano Lafontaine
Strachwitz Claudius Schiller Kralik Iffland Sokrates
Katharina II. von Rußland Bellamy Schilling
Gerstäcker Raabe Gibbon Tschechow

Löns Hesse Hoffmann Gogol Wilde Vulpius
Luther Heym Hofmannsthal Klee Hölty Morgenstern Gleim
Roth Heyse Klopstock Kleist Goedicke
Luxemburg Puschkin Homer Mörike
La Roche Horaz Musil
Machiavelli Kierkegaard Kraft Kraus
Navarra Aurel Musset Lamprecht Kind Kirchhoff Hugo Moltke
Nestroy Marie de France

Nietzsche Nansen Laotse Ipsen Liebknecht
Marx Lassalle Gorki Klett Ringelnatz
von Ossietzky May Leibniz
vom Stein Lawrence Irving
Petalozzi Knigge
Platon Pückler Michelangelo Kafka
Sachs Poe Liebermann Kock Korolenko
de Sade Praetorius Mistral Zetkin

Der Verlag tredition aus Hamburg veröffentlicht in der Reihe **TREDITION CLASSICS** Werke aus mehr als zwei Jahrtausenden. Diese waren zu einem Großteil vergriffen oder nur noch antiquarisch erhältlich.

Symbolfigur für **TREDITION CLASSICS** ist Johannes Gutenberg (1400 — 1468), der Erfinder des Buchdrucks mit Metalllettern und der Druckerpresse.

Mit der Buchreihe **TREDITION CLASSICS** verfolgt tredition das Ziel, tausende Klassiker der Weltliteratur verschiedener Sprachen wieder als gedruckte Bücher aufzulegen – und das weltweit!

Die Buchreihe dient zur Bewahrung der Literatur und Förderung der Kultur. Sie trägt so dazu bei, dass viele tausend Werke nicht in Vergessenheit geraten.

Vom Strande des Lebens

Otto Ernst

Impressum

Autor: Otto Ernst
Umschlagkonzept: toepferschumann, Berlin

Verlag: tredition GmbH, Hamburg
ISBN: 978-3-8424-6826-9
Printed in Germany

Text der Originalausgabe

Vom Strande des Lebens

Novellen und Skizzen

von

Otto Ernst

(1908)

Meersymphonie.

I. Allegro impetuoso.

Was hab' ich immer gesagt?!

Man muß die Menschen nur von der richtigen Seite packen, dann sind sie für alles Große und Herrliche leicht zu gewinnen.

Und doch bin ich überrascht, daß es *so* schnell und *so* glänzend gelang.

Wer hätt' es für möglich gehalten, daß dieses Neufeld, dieses verrufene »Banausennest« ein Kunstpublikum bekäme?

Ich habe hier mit mehreren Freunden einen Kunstverein gegründet, einen Aufruf erlassen, und in Scharen sind die Dürstenden herbeigeströmt.

Ich habe ihnen auseinandergesetzt, wie ich mir's denke, und dann gab es eine große Überraschung. Sie wählten mich zum Präsidenten.

Ich war ehrlich betroffen. Wie? dachte ich, fordern diese Leute nicht mehr von ihrem Führer? Imponiert ihnen das schon, was ich ihnen bieten konnte? Ich lehnte die Krone ab, nicht ausgerechnet dreimal, wie Cäsar, sondern einmal; denn es war mir Ernst mit der Ablehnung. Aber sie bestanden einstimmig darauf, und da hab' ich angenommen. Mit Zaudern und Bangen freilich. Aber es ist gegangen! Gut ist's gegangen!

Was ich mit der Kunst wollte, das war den Leuten neu.

Man behandelt die Kunst gewöhnlich wie der Spießbürger seine Frau; auf allen öffentlichen Banketten feiert er sie als »Hort des Idealismus«; aber will er sich's recht wohl sein lassen, dann läßt er sie zu Haus, und zu Haus hat sie höchstens in der Küche was zu sagen.

Sitz und Stimme gebühren der Kunst in allen euren Körperschaften.

Wie sie da die Augen aufrissen!

Auch im Landtagswahlverein?

Auch im Landtagswahlverein.

Auch in der Gefängnisdeputation?

Auch da.

Auch in der Kinderschule?

Besonders in der Kinderschule.

Denn unser Geist ist willig, unser Fleisch ist schwach. Langsam und spät hinkt hinter unserm Wollen das Vollbringen daher. Wohl horchen die Menschen auf mit leuchtendem Blick, wenn eine Stimme spricht von Herrlichem, das werden soll. Aber tönt die Stimme wieder und wieder, so lächeln sie mit herabgezogenen Mundwinkeln, und zuletzt hören sie gar nicht mehr zu.

Darum ist den Menschen eine Verheißung gegeben durch die Kunst. So werden einst die Wiesen leuchten und die Felder, so werden die Hügel klingen und die Haine, so werden die Seelen strahlen und flammen, wie sie flammen, strahlen und klingen in den Gebilden der Kunst! Die Kunst ist eine ewige Seligkeit auf Erden. In der Kunst ist all das Erhabene und Schöne, das Gute und Weise, das ihr ersehnt, zur Wirklichkeit geworden. Nicht zu einer Wirklichkeit, die ihr abpflücken und in den Mund stecken, die ihr zählen und in die Tasche stecken könnt. Dann hättet ihr keine Sehnsucht mehr, und das wäre das Ende der Menschheit. Aber doch ist es eine Wirklichkeit, die ihr im Hirn und im Herzen, in Augen und Ohren, in Nase und Zunge, in Händen und Haarwurzeln, in Blut und allen Nerven und Muskeln eures Leibes mit sinnlicher Gewißheit fühlt! Ein Trostgeschenk Gottes an die Menschheit ist die Kunst, ein Vorgeschmack unsrer Vollendung. Ein Künstler ist ein Mensch, der selige Sinne hat. Seine Sinne hören aus Felsen und Bäumen Worte und Töne eines höheren Lebens, und sie sehen in Worten und Tönen Bäume und Felsen einer beglückteren Welt. Und sein Auge vermag hunderttausend Augen aufzutun, daß sie wie er die stillgeschäftigen Geister ahnen, die über Berg und Tal die Schleier eines neuen Lichtes weben.

So sprach ich zu ihnen, und es schien mir, daß sie mich verstanden. Wenigstens gaben sie mir recht. Auch Dr. Ölmann, unser jüngstes Vorstandsmitglied, sagte vorläufig nichts.

Mit diesem Olearius ist es mir seltsam ergangen. Gleich beim ersten Begegnen stürmte er mich mit einem Hagel von Komplimenten. Aber ich muß etwas von einer steilen Mauer an mir gehabt haben; denn er zuckte sofort zurück und machte seine Pupillen so klein wie Stecknadelknöpfe. Ich hatte sofort das Gefühl: er will dich gewinnen, weil er dich für den Einflußreichsten in diesem Kreise hält. Da ihm das nicht gelungen ist, so ist er jetzt mein stiller Gegner. Äußerlich bleibt er immer der freundliche Kampfgenosse und Mitarbeiter; aber mit dem süßesten Lächeln von der Welt arbeitet er mir heimlich entgegen und unterwühlt mein langsames und stilles Werk. Er ist der »besonnene« Praktiker, der »das Publikum kennt und weiß, was es will«, und er tut mit der größten Liebenswürdigkeit so, als wäre ich der unpraktischste Phantast und Ideologe, der den Montblanc mit bloßen Füßen erklimmen will. Ich will die Masse für das Edle nur mit edeln Mitteln gewinnen; ich will sie nur durch Kunst zur Kunst hinleiten. Er tut mit vorzüglicher Hochachtung so, als wäre das ein ganz blödsinniges Unternehmen; man müsse zunächst auf die Neigungen der Masse eingehen, müsse ihnen Zugeständnisse weitestgehender Art machen, um sie nur erst einmal einzufangen, um sie gewissermaßen auf den Leim zu locken. Sein zweites Wort ist der »Erfolg«, und unter Erfolg versteht er nur, daß mindestens zweitausend Leute versammelt sind und wie besessen in die Hände klatschen. Er hat es auch durchgesetzt, daß ein Abend nach seinen »Intentionen« veranstaltet wurde. Ein ganz buntes Programm. Vorträge einer Liedertafel mit den üblichen fehlenden Tenören, Dialektanekdoten in Reimen, Couplets von roten Nasen und schwangeren Prinzessinnen, Lichtbilder und ein von Dilettanten gespielter Einakter. Die Liebhaberin war während der Aufführung ununterbrochen für ihren weiblichen Ruf besorgt, darum, wenn der Liebhaber sie umarmte, stemmte sie beide Arme gegen seine Brust, und er küßte in die Luft. Und die liebe Liedertafel sang das Lied:

»Wir ko-osen mi-it den Frau-auen gern,
Und keine, keine klagt's dem Herrn,
Denn Frauen, die kosen ja überall,
Denn Frauen, die kosen ja üüüüüberall,
Ja üüüüüüberall
Ja üüüüüüberall

La lala, la lala, lalaaaaa,
La lala, la lala, lalaaaaa,
Denn Frauen, die kosen so gern.«

Und alles, was wahr ist: Der Saal war gestopft voll, und dieselben Leute,. die sich kurz vordem an einem Kleist-Abend zweifellos erfreut hatten, sie »applaudierten phrenetisch«. Schandenhalber wurde auch ein Gedicht von Goethe vorgetragen; denn Ölmann wollte zeigen, daß auch er die Leute zur hohen Kunst hinführen wolle.»Das muß ein Schauspieler machen,« sagte er,»das zieht am meisten.« Und er ist auf seine Art ein kluger Mensch; es ist wahr: wenn der letzte Komödiant, ja, wenn der Kassierer vom Theater mit gebrannten Locken ein Gedicht vorträgt, so findet das Publikum dies »künstlerischer«, als wenn es ein Mensch mit schlichtem Haar und schlichter, reiner und starker Empfindung spricht. Und Ölmann hatte einen in jeder Hinsicht »geschmalzenen« Komödianten erwischt, der keine Idee von dem hatte, was er deklamierte, der alles aus dem »Inschtinkt« und der »Inschpiration« heraus falsch betonte; aber er wurde mit Gewehrfeuer des Beifalls empfangen und mit einer Kanonade des Jubels entlassen.

Ölmann strahlte. Ölmann triumphierte. Er wurde von allen Seiten beglückwünscht, auch von zahlreichen Vorstandsherren. Ich sagte mir: wenn du ihm nicht gratulierst, werden sie sagen: das ist der Neid. Aber ich tat es doch nicht; ich konnt' es nicht. Man kann doch nicht ein Lump werden, um sich seinen guten Ruf zu erhalten. Nachher im Café sagte Ölmann immer wieder – so daß ich es hören mußte – » Das wollen die Leute! Auf diese Weise muß man ihnen beikommen. Was nützt mir alle Kunst, wenn ich die Leute damit aus dem Saal graule. Ich bin auch dafür, daß man sie während der Vorträge ruhig ihr Bier trinken und Zigarren rauchen läßt. Wenn die Leute am Abend ausgehen, dann wollen sie ihre Gemütlichkeit haben.« Und männiglich stimmte ihm zu, obwohl es eine Lüge war, daß das Publikum jemals hinausgegrault worden wäre. Sie hatten Storm und Mörike und Goethe und Keller und viele andre still und mit Freuden angehört.

Aber so fest sind sie freilich noch nicht in ihrem Geschmack, daß sie den Lockungen des Kunstfusels widerstehen könnten. Dazu bedarf es noch langer Arbeit.

Ein hämischer Zufall wollte, daß ich bald darauf mit einem Abend, den ich ganz nach meinem Sinne vorbereitete, einen Fehlgriff tat.

Ölmann ist ehemals – das erfuhr ich – ein ganz konservativer Kunstmann gewesen. Nach Goethe hatten noch ein paar halbwegs begabte Reimschmiede gelebt, und seit 1870 ungefähr war es mit der Dichtkunst aus, ganz aus, überhaupt aus. Es würden auch keine Dichter wiederkommen. Einen Goethe oder Shakespeare hatte die Natur nun schon gar nicht mehr zur Verfügung. Sein Professor hatte das gesagt, und der war Geheimrat.

Aber Ölmann ist eine Barometerseele und Windriecher. Er spürt das Wetter einen Tag voraus.

Und er merkte, daß die moderne Dichtung und Kunst allmählich modern wurde und daß ich meinen Verein für die neue Kunst und das Recht der Lebendigen erwärmt und gewonnen hatte. Da muß er in einer Nacht ein Gesicht gehabt haben; denn andern Tags war er »modern«, nun aber gleich bis auf die Knochen.

Jetzt war alles umgekehrt: was vor 1880 gedichtet hatte, das waren alles kindische Tapergreise, die einem Manne wie Dr. Ölmann nur ein mitleidiges Lächeln abgewannen. Höchstens Goethe hatte einige lichte Augenblicke gehabt, da, wo er sich mit der Moderne berührte.

Nun ist mir in meinem Leben nichts widerwärtiger gewesen als der Dummkopf, der sich fortschrittlich gebärdet, der »freie Geist«, der einmal in seinem Leben eine Wahrheit kennen lernte, sie sofort heiratete, ununterbrochen mit ihr und nur mit ihr Kinder zeugt, diese Person für das tugendhafteste aller Weiber, ihre Kinder für die schönsten aller Kinder hält und das Ganze als Aufklärung bezeichnet. Und kann der borniert Konfessionsglaube wohl irgendwo lächerlicher sein als in der Kunst, die ein grenzenloses Reich der Möglichkeiten ist? Macht nicht gerade das den Künstler zum Künstler, daß er anders ist als alle andern Künstler vor ihm und nach ihm, daß er unvergleichbar ist? Ist nicht eben das der berauschende Zauber der Kunst, daß sie, die hunderttausendblütige, ewig neue Blüten hervorbringen wird und daß wir hoffen und wissen, sie werde uns immer Ungekanntes und Ungeahntes eröffnen? Ist nicht das Göttliche an Mozart, daß er göttlich ist wie Beethoven und daß sich unter seiner Hirnschale doch ein andrer, ganz andrer Himmel wölbt als unter derjenigen Beethovens?

Die Keplerschen Gesetze wären genau, was sie sind, wenn Kopernikus oder Galilei oder Newton sie gefunden hätte; aber Goethes Werk kann nicht Schillers Züge tragen, und Uhlands Lieder haben nicht Lenaus Stimme.

Es sind enge, niedrige, gehässige Geister, die, um ihr Gleichgewicht zu behalten, nach links schimpfen müssen, wenn sie nach rechts lobpreisen, und die aus einem mannigfaltig blühenden Garten ein Parteigezänk machen.

Und in mir regte sich der Trotz. Nun sollte ein ganz »Veralteter« zu Ehren kommen: Klopstock. Nun wollte ich, der Moderne, ihnen zeigen, daß in gewissen Gesängen des »Messias« und in gewissen Oden des Verachteten sternenlichtumwitterte Höhen und geheimnishauchende Schluchten sind. Ich wollte ihnen zeigen, ich, der Freigeist, daß das Ringen Klopstocks dennoch gekrönt war, daß seine Stirn in geheiligten Stunden doch den Gruß des ewigen Lichtes empfing, daß er in solchen Stunden doch einer von unseren Großen war. Und ich fand auch den richtigen Mann zum Vorlesen, einen Mann, der in seiner Seele die edle Kadenz des hexametrischen Pathos hat und dessen Augen, wenn sie solche Verse lesen, hohe Tempel und dunkle Haine auf steilen Höhen sehn. Aber es ist nicht zu leugnen: ich fiel durch. Viele gingen vor Schluß der Vorträge zum Biertrinken. Es war ein verfrühtes Experiment, und besonders nach den Couplets und der Liedertafel war der Übergang zu schroff.

Ölmann triumphierte wieder; er fühlte eine stille und reine Freude und tauschte mit vielen verständnisvolle und spöttische Blicke. Ich mußte in der Folge manche Reden hören, die nicht an mich gerichtet, aber für mich bestimmt waren. 47 Mitglieder wären nach dem Klopstock-Abend ausgetreten. Ja, ja. Ölmann stieg in ihrer Achtung.

Und ich werde dich doch überwinden, o Ölmann-Ahriman! Ich werde behutsam vorgehen; denn ich sehe, man muß die Menschen zum Guten überlisten, als wär' es das Böseste vom Bösen.

Ich werde ihnen das Seraphische nicht mit dem Klopstock einbläuen, sondern eine festere, volkstümliche Kost wählen, an der unsre deutsche Kunst so reich ist.

Und in meinem Herzen habe ich die schriftliche Versicherung: Sind sie erst eingewöhnt in ein vornehmes und feines Glück, dann verschmähen sie das Gemeine für immer. Und eines Tages werde ich ihnen meinen letzten Hintergedanken vertrauen. Ich werde ihnen sagen: Unsre Schulen, unsre Erziehung, unsre ganze Kultur muß neu geboren werden aus dem Schoße der Kunst.

Ich weiß, da werden sie stutzen und bäumen und mit den Hufen stampfen, besonders Herr Dr. Ölmann. Gewiß: sie halten mich dann für einen jener Narren, die aus ihrem Steckenpferd den Riesen Ymir machen, aus dem die ganze Welt gebaut wird. Sie glauben, ich wäre einer jener Toren, die unwissentlich ihre Seele zum Zentrum der Welt machen, einem Schuster gleich, dem die Welt nur zum Bestiefeln da ist und der sie nicht nur anthropozentrisch auffaßt, sondern schusterozentrisch. Sie meinen, ich wolle das Weltgebäude verdampfen lassen zu einem seligen Seufzer über ein Adagio von Beethoven. Denn die Geister meiner Vereinsbrüder arbeiten mit dem einfachen Mechanismus des Gegensatzes, wie eine Schere, die alles was ihr vorkommt, glatt in zwei Stücke trennt; Entweder – Oder.

Sie werden glauben, ich wolle den Gedanken und den Willen absetzen und das Gefühl auf den Thron erheben. Ich aber liebe den Gedanken wie meine rechte Hand und den Willen wie meine linke. Ich weiß, daß Wille und Gedanke des Menschen beide Hände sind, mit denen er die Welt ergreift und faßt, daß aber das Gefühl das Blut ist, das beide Hände durchrennt und nährt. Daß wir mit einer Seele die Natur erkennen und erfühlen und mit unserm Willen eingehen in ihren heiligen Entwicklungs- und Vollendungswillen: Das ist Kultur, und das ist das Ziel der großen Menschheitsreife. Nun seht ihr wohl, daß ich ans Ende unsrer Entwicklung nicht die Kunst stelle, sondern – ganz wie die Priester im schwarzen Rock – die ewige Seligkeit.

Und ich habe noch ein feines Mittel in Bereitschaft, um die Seelen meiner Freunde zu umwerben. Noch wissen sie nichts von dem Geschenk, nicht einmal der Vorstand weiß davon. Aber bald wird's offenbar, und dann werden sie sich freuen und werden mir danken!

II. Scherzo furioso.

Ja, sie haben sich gefreut! Und wie haben sie mir gedankt! Hahahaa!

Zuerst bracht' ich es in der Vorstandssitzung vor: Mein Freund Feilhammer stellt uns seine Zeitschrift »Das Pantheon« zur Verfügung. Er will es all unsern Mitgliedern für den halben Preis liefern. Vielleicht hat er einen kleinen Überschuß dabei, vielleicht auch nicht. Aber wir genießen den ungeheuren Vorteil, daß wir ein vornehmes Organ haben. Unsre Gemeinde alle vierzehn Tage auf eine oder zwei Stunden versammeln, das bringt uns nicht vorwärts. In den langen Zwischenzeiten wird das bißchen Saatkorn zertreten, zerstreut, von den Spatzen gefressen. Wir müssen sie fortgesetzt bearbeiten, müssen in ununterbrochener Fühlung mit ihnen bleiben, müssen ihnen etwas in die Hand geben, was sie in jeder Feierstunde vornehmen können. Was können wir ihnen da nicht alles zu lesen geben, auch Schwereres, Tieferes, Größeres, was durch das schnell verwehende Wort des Mundes nur schwer in die Herzen dringt – herrlich, herrlich, herrlich! Wir gehen einer großen Zukunft entgegen –

Hmmmm . . .

Jaaaaaa . . .

Äääääääh . . .

Ich stutzte. Was war das? Sie griffen nicht mit sämtlichen 28 Händen zu?

Ich glaubte, meinen Plan nicht klar genug entwickelt zu haben, und begann von vorn mit der Erklärung und Begründung meines Antrags . . .

Jaaaaaaa . . .

Äääääääähh . . .

Hmmmmm . . .

Ölmann lächelte sein Gegenüber an mit einem andauernden Lächeln, und das Gegenüber lächelte verständnisvoll zurück.

Endlich nahm einer das Wort. Der Herr Feilhammer könne mit seiner Zeitschrift wohl auf keinen grünen Zweig kommen und betrachte als solchen grünen Zweig nun unsern Kunstverein. Das Entgegenkommen sei etwas verdächtig.

Feilhammer – du lieber Gott, ein ganz unpraktischer, unpekuniärer Mensch, der sich aufs Verdienen ebensowenig verstand wie aufs Festhalten! Aber sie kennen ihn ja nicht, also schluckte ich meine Entrüstung hinunter und rechnete ihnen vor (so gut ich es verstehe), welchen Raub der gute Feilhammer günstigsten Falles bei diesem »Geschäfte« machen könne. Ich zeigte ihnen, daß er im Laufe eines Jahres noch keine zweihundert Mark dabei gewinnen könne, daß er aber sehr wohl genötigt sein könne, zuzusetzen. Ironisches Gelächter.

Nun wurde ich wütend und bat mir aus, daß man meine Gründe und Zahlen mit andern Gründen und Zahlen widerlege statt mit Lächeln, Brummen und Verdächtigen. Mehrere ergriffen denn auch meine Partei, und als es zur Abstimmung kam, wurde mit einer Stimme Mehrheit beschlossen, der Generalversammlung meinen Antrag zu empfehlen.

Aber bis dahin waren's noch vierzehn Tage.

In meiner Siegesmusik war plötzlich und wie von weitem ein pfeifender Mißton aufgezuckt.

Ich habe Tastorgane, die weit über die Grenze meines Leibes hinausreichen. Im Zusammensein mit Menschen fühl' ich's von Anfang an, ob eine vertrauliche Gemeinschaft sich entzünden werde oder ob sie allen Verbindungsversuchen zum Trotze kalt, verschlossen und träge beisammen lagern werden wie die spärlich angeglühten Scheiter eines mißglückten Herdfeuers.

Sowie ich an meinem Präsidentenplatze vor der Versammlung stand, die über das Schicksal meines Planes entscheiden sollte, wußte ich genau, wie ich daran war.

Ich hatte das Gefühl: die ganze Angelegenheit heute ruhen lassen. Nicht anfassen! Am liebsten nach Hause gehen und sich ins Bett legen. Es gibt einen Zusammenstoß. Aber wie hätte ich das begründen sollen. Oft gibt es für unsre sichersten Gefühle keinen Weg der Übertragung.

Ich entwickelte also meinen Plan. Das »Pantheon« sollte Organ des Kunstvereins werden und sollte aus der Vereinskasse bezahlt werden. Ich schilderte ihnen die Vorteile dieser Einrichtung mit bewußter Ruhe und Sachlichkeit, ohne Übertreibung und ohne Pathos.

Das Publikum saß vor mir wie eine glattpolierte, senkrechte Wand, an der ich hinaufsteigen sollte. Ich sah, wie meine Worte an ihnen herabrannen wie Wasser am wohlgefetteten Gefieder einer Ente.

Ölmann hatte sie eingefettet.

Wohl rührten sich am Schlusse meines Vortrags einige Hände zum Beifall; aber das wirkte auf die Mehrheit nur humoristisch, und einige zischten sogar.

Dann nahm Ölmann das Wort und sprach sehr korrekt, sehr sachlich und ohne meinen Namen zu nennen, mit lauter latenten Unverschämtheiten gegen meine Person. Wenn man ihn hörte, mußte man glauben, daß man aus irgendwelchen Vernunftgründen einen solchen Antrag überhaupt nicht einbringen könne und daß er aus anderen, noch in geheimnisvolles Dunkel gehüllten Motiven entsprungen sein müsse.

Wie, meinte Herr Dr. Ölmann, wenn nun im »Pantheon« etwas erscheint, was dem einen oder andern Mitglied nicht paßt? (Bravo, bravo, sehr gut!) Dann ist der Zwiespalt da. (Sehr richtig!) Ist es ein Blatt, das er persönlich abonniert hat, so schafft er es einfach ab. Das kann er aber mit dem Vereinsorgan nicht! Und doch wird es aus seiner Tasche mitbezahlt! (Stürmisches Händeklatschen.) Und dann: wenn wir so und so viel für das Organ ausgeben, dann behalten wir nicht genug in der Kasse für den Verein. Dann haben wir schließlich ein hypertrophisches Organ, an dem der Körper zugrunde geht. (Große Heiterkeit.) Man hat freilich gesagt, man könne das Budget für die Vereinsfestlichkeiten beschränken, die Mitglieder könnten anderswo und für ihr eigenes Geld tanzen und soupieren; wenn ich mich aber auf die Gesinnungen unserer Mitglieder nur halbwegs verstehe (o, er versteht sich ganzwegs darauf, der gute Ölmann!), dann würde eine solche Beschränkung nicht nach dem Sinne »derselben« sein. (Großer Beifall.) Ich sehe auch nicht ein, worin der

Fortschritt liegt, wenn andre Leute für unser Geld soupieren. (Stürmische Heiterkeit und minutenlanges Händeklatschen.)

Ich konnt' mir nicht helfen: allgemach wurde mir die sattelfeste Gesinnungstüchtigkeit dieser Leute komisch. Das mag denn wohl auch auf meinem Gesichte gelegen haben, als ich erwiderte. Ich bemerkte ihnen, es sei auch früher schon in der Welt vorgekommen, daß Menschen über ein Kunstwerk oder über einen Gedanken verschiedener Meinung gewesen. Trotzdem stehe die Erde immer noch und bringe hervor Gras, Kraut und fruchtbare Bäume, Vieh und allerlei Gewürm. Ja, wenn das »Pantheon« heute zum ersten Male den Faust von Goethe veröffentlichen würde, dann sei mit Sicherheit anzunehmen, daß aus dem Kunstverein hervor Proteste laut werden und heftige Abbestellungen dieser Zeitschrift erfolgen würden. Der liebe Gott habe die Welt einmal so gewollt. Das sei aber auch gar kein Unglück; ohne Streit der Meinungen sei das Leben zwar molliger; dieser Streit aber verhindere das höchst bedenkliche, nicht genug zu fürchtende Embonpoint der Seelen, und es wäre doch schade, wenn der Kunstverein einen Schmerbauch bekäme und am Fettherzen zugrunde ginge.

(Hier tauchte in den hinteren Reihen der Versammlung mit der Geschwindigkeit eines springenden Fischleins ein Kopf auf, rief: »Blödsinn!« und war verschwunden.)

Natürlich, fuhr ich fort, könne in unserm Organ, dem »Pantheon«, jeder das Wort nehmen, der etwas zu sagen habe. Und wenn wirklich die Kasse zu stark in Angriff genommen würde, so könne man ja den Jahresbeitrag um 2 *M* (in Buchstaben: zwei Mark) erhöhen.

Was nun geschah, das spottet, wie wir Schriftsteller zu sagen pflegen, der Beschreibung. Man sagt, daß in Bayern eine Revolution ausbrechen würde, wenn man sich beikommen ließe, den Preis des Bieres um zwei Pfennige für das Liter zu erhöhen. Diese Leute gaben nicht ein Zehntel so viel für deutsche Kunst aus wie die Bayern fürs Bier, und siehe, hier brüllte der Aufruhr. Eine Meeresbrandung wälzte sich gegen mich heran. Und war der Zorn dieser Menge bis dahin doch mehr intellektueller Natur gewesen, so ward er nunmehr tief sittlich. Zwei Mark im Jahre mehr zahlen – das war eine freche Beschimpfung der heiligsten Instinkte, das rüttelte die trägsten Gewissen auf zu flammender Empörung.

Was wollt' es dagegen bedeuten, daß hierauf ein Mann auftrat und im Namen der richtigen und eigentlichen Sittlichkeit, nämlich der geschlechtlichen, protestierte. Es war ein Mann im Professor Jägerschen Normalwollkostüm. Dieses Kostüm zeigt die breite Brust eines Mannes in ununterbrochener Fläche, es verleiht daher dem Mannesbusen etwas Mauerhaftes, Festungswallmäßiges, für weltliche Versuchungen und Erleuchtungen ein für allemal Unzugängliches. Er sagte, im »Pantheon« hätte eine Novelle gestanden, die die Blutschande verherrliche. Da irrte der Mann; das Ödipusmotiv war mit größtem tragischen Ernste behandelt worden; aber er irrte um der öffentlichen Sittlichkeit willen, und das gab ihm Kraft.

»Wie?« rief er mit wogendem Normalbusen, »wie? Sollen wir ein Blatt zu unserm Organ machen, das wir vor deutschen Frauen und Jungfrauen mit Erröten verbergen müßten? Nimmermehr!«

Nun stand mir auch ein Freund auf und verteidigte das »Pantheon«. »Das ›Pantheon‹ hat alte und neue Götter geehrt, wenn sie nur Götter waren; es hat sich oft genug gegen herrschende Strömungen und Winde aufgelehnt. Das allein beweist schon, daß es nicht um des Geldes willen geschrieben wird.«

Das sei eben das Schlimme, erklärte jetzt ein Kollege aus dem Vorstande; wenn wir ein solches Organ akzeptierten, dann würden wir viele Leute vor den Kopf stoßen; ein Verein aber, der sich ausbreiten und recht viele Mitglieder gewinnen wolle, dürfe eben nicht gegen die herrschenden Strömungen im Publikum und in der Presse angehen. (Hier war ich so weit, daß ich einem vorübergehenden Kellner auftrug, mir einen Kognak zu bringen.)

Übrigens, fuhr der Redner fort, sei auch im Vorstand gar keine Stimmung für meinen Antrag gewesen; ich hätte den Herren meinen Willen aufgezwungen, wie ich sie überhaupt zu tyrannisieren pflegte. Alles, was ich für die Anschaffung des Organs geredet hätte, sei nur Ornament; der Hauptgrund werde verschwiegen; aber man kenne ihn wohl.

Dabei lispelte der Mann auf eine unangenehme Weise.

Das hieß also, ich wolle für mich selbst ein Profitchen heraus-schlagen.

Als man Scipio des Unterschleifs verklagte, ließ er die Dokumen-te bringen, die seine Rechtfertigung enthielten, und verbrannte sie vor den Augen seiner Ankläger.

Etwas Ähnliches hätte ich wohl auch tun sollen; aber mir fehlte die Toga. Und wenn ich mit Triumphatorschritten die Versamm-lung verließ, dann war mein großes Projekt gescheitert, und ich hatt' es doch zu lieb und wollt' es bis zum letzten Augenblick ver-teidigen; ich hatte mich doch zu tief dahineinphantasiert, wie köst-lich und schön es sein werde.

Ich beging also die Dummheit, mich zu verteidigen.

»Ich fordere Sie auf,« so apostrophierte ich den geehrten Vorred-ner, »mir einen einzigen Fall zu nennen, in dem ich meine Präsidi-algewalt mißbraucht und die Verfassung unseres Vereins gebrochen oder umgangen hätte. Ich fordere Sie auf, mir einen einzigen Fall zu nennen, in dem ich anders für meine Sache gewirkt hätte als mit Gründen und Beweisen.«

»Mir fällt nur im Augenblick nichts ein,« rief der Redner.

»Dann mögen Sie sich besinnen,« sagte ich, »und wenn Sie dann auch nichts anzuführen wissen, dann sind Sie nichts Besseres als ein Verleumder.«

Furchtbarer Tumult. Der stellvertretende Vorsitzende rief mich zur Ordnung. Ich hatte in der Tat vergessen, daß ich mich in gebil-deter Gesellschaft befand, und ein Wort gebraucht, das von großer Roheit des Herzens zeugte.

»Was die Insinuation betrifft, ich wolle für mich selbst einen Vor-teil herausschlagen, so bringe ich ein schweres Opfer, wenn ich auf diese Unterstellung anders antworte als mit dem Schweigen der Verachtung. (Hähä! Oho! Hähä!) An der Größe dieses Opfers mö-gen Sie ermessen, wie sehr mir die Annahme meines Antrages am Herzen liegt.« (Ironische Zustimmung.)

Und ich demütigte mich so weit, ihnen das Rechenexempel noch einmal ausführlich vorzuführen. Denn ich sagte mir: *Sie müssen* ja doch einsehen, daß dabei kein Eigennutz sein Schäfchen scheren kann, sie *können* ja gar nicht anders – aber eben, daß sie gar nicht anders konnten, das machte sie wütend. Und als ich ihnen sagte, sie möchten sich diese Bilanz von jedem beliebigen Buchhändler nachrechnen lassen, und als die zwei Mark in ihrer Tasche vor Anstandsgefühl schon unruhig wurden, da schrien sie:»Schluß, Schluß, Schluß!!!« Nun mußte ich wohl einsehen, daß nichts zu erreichen war. Nun mußte ich wohl fühlen, daß noch ein tieferer Haß aus dieser Menge mir entgegenschrie. Ich hatte sie zu rasch, zu stürmisch emporreißen wollen zum Großen und Schönen. Sie waren mir gefolgt, geblendet, verblüfft, überrumpelt, mit dumpfem Respekt vor dem Heiligen, *aber gegen ihre alten Instinkte*. Nun endlich sprangen diese geduckten Instinkte gegen mich an und schrien nach Rache.

Daher blickte ich noch einen Augenblick mit zitterndem Herzen, aber mit ruhigen Augen in die Menge und sagte dann mit weithin vernehmbarer Stimme:»Kellner – zahlen!«

Und es ward eine große Stille. Und unter dieser großen Stille zahlte ich dem Kellner 75 Pfennige für einen Hennessy-Kognak und eine Flasche Sodawasser. Und unter immer noch während Stille ging ich mit drei Freunden hinaus. Und noch denselben Abend waren wir unbändig lustig und tranken Porter, Ale, Rheinwein, Burgunder und Sekt, und schließlich Sekt mit Porter und amüsierten uns vortrefflich; denn Ärger, Schmerz und Gram muß man wie schlimme Medikamente in Kapseln oder Pillen einnehmen, mit *einem* Druck hinunterschlucken und dann eine Flüssigkeit nachgießen.

Und so genau stimmt dieser Vergleich, daß Ärger, Zorn und Gram genau wie Terpentin und Rizinusöl mit unfehlbarer Sicherheit wieder emporsteigen und von unten her jene Bosheit üben, die ihnen von oben her versagt war, zum Zeichen, daß dem Menschen nichts geschenkt wird.

Zu alledem schämte ich mich meiner Erziehungsresultate so entsetzlich, daß ich mich nicht auf die Straße wagte. Da packte ich meinen Handkoffer und floh bei Nacht ans Meer.

Am Meere tut meine Brust sich auf, und meine Seele wandert hinaus gen Mitternacht und gen Mittag, gen Abend und gen Morgen.

III. Largo mesto. – Adagio religioso.

Das Meer breitet mir seine Arme von Aufgang bis Untergang und haucht:»Willkommen – willkommen – komm – komm.«

Aber zu meiner Rechten die Sonne, sie will versinken. Im Osten dehnt sich wachsend und wachsend die Steppe des Todes. Dort lauert die kommende Nacht.

Wohl umschwimmen die Sinkende noch tausend goldene Wolkeninseln in geselliger Schönheit. Aber von Norden und Süden kriechen die Zwillinge Dunkel und Finsternis heran und umgürten das Erdreich; ihre Schweife verknäueln sich im Osten; ihre klaffenden Rachen hauchen schwefligen Rauch gegen die Leuchtende.

Da welken die letzten goldenen Inseln und vergehen, und die Herrliche ist allein in ihrem Leide.

Dunkel und Finsternis haben sich gefunden und sind verwachsen zu einer violetten Mauer, die die Welt umlagert.

Einen schmalen Wolkenstreifen durchtränkt das Rot der Sonne. Wie Blut durch die Stirnbinde eines Kriegers dringt.

Aus der violetten Mauer wachsen drei schwarze Gebirgskegel empor, die umschließen das Tal des Entsetzens. Und die Sonne sinkt – versinkt in die züngelnden Nebel seines Grauens.

Da – da – Blut spritzt über den ganzen Himmel, Blut spritzt bis zum Zenit und über den Zenit hinaus! Das Grauenvolle ist geschehen; im Tal des Entsetzens ward die Sonne ermordet.

»Hahaha!« Eine Lachmöwe kommt von den drei Felsen geflogen und streicht so nah über mich hin, daß sie mein Haar mit ihrem Flügel streift.

Aber noch lebt sie, noch lebt die Sonne! Noch führt ein Weg zu ihr: eine Lichtgarbe reicht vom Westen bis zum Zenit. Und siehe: die drei Felsen sind eines Thrones Säulen geworden, und den Herrgott seh' ich sitzen auf seinem Stuhl. Ich sehe nur den Hinterkopf, der über die hohe Lehne ragt. Wohin er blickt, da ist Licht; denn sein Auge ist das Licht. Die Füße seines Thrones ragen durch Meer, Luft und Wolken; sein Haupt umspielen die ersten Sterne.

Lebt Gott und läßt er die Sonne ermorden?

Nun ist auch die Garbe des letzten Lichts verwelkt. Was ist das? Wo die Garbe hinsank, ist roter Dunst! Ist es Nebel? Ist es Staub? Das ist Rauch! Das ist Feuer! Das sind schwarzrote Dämonenflügel, und Ragnarök ist da!

Gott und sein Säulenthron versinken in Flammen und Qualm. Nun ist die Nacht gekommen.

Sowie das letzte Licht verbleicht, stehen mit einem einzigen Aufsprung alle Stimmen des Meeres auf. Mit heimlicher Hast umschlingen sich Meer und Nacht, die düstern Geschwister; die verhaßte Sonne ist tot, und mit heimlich wachsender Wut fallen sie herein über das Land, die Wohnstatt der Menschen.

Noch sind ihre Stimmen heimlich und wirr; aber sie wachsen, sie wachsen. Scheu blick' ich mich um: die Felsen des Ufers recken sich höher und höher. Im Dunkel wachsen die drohenden Dinge.

Und horch: vernehmbar rollt nun des Meeres Lied gegen Land und Klippen, das ewige Lied:»Ich hole dich doch – ich hole dich doch!«

In tausend Weisen singt es immer die eine Weise. Der Löwe Brandung brüllt sie, wenn er gegen den Felsen springt mit triefenden Pranken. Wie Kanonendonner reißt es sich los aus seinem schäumenden Rachen. Die Millionen Schlangen zischen sie, die gleißend über den Sand des Ufers gleiten. Es sind Millionen schillernder Schlangen mit Millionen von weißen Köpfen. Verstrickt zu einem Riesennetz, in dessen Maschen Gischt und Geifer hängt, fallen sie klatschend aufs Land und schießen wie Blitze über den Sand und züngeln nach meinen Füßen.

Graue Wölfe trappeln in unübersehbaren Rudeln daher aus grenzenloser Steppe. So dicht kommen sie gerannt, daß die Herausgedrängten auf den Rücken der andern weiterlaufen. Und mit weißen Lefzen und schlappenden Zungen bellen sie das Lied des Meeres, das ewige Lied.

Die Meerfrauen singen es, die Meerfrauen jauchzen es, wenn sie auf springenden Delphinen aus der Tiefe tauchen und ihre zerflatternden Schleier gegen den Himmel werfen.

Jeder Tropfen haucht es, der auf dem Strande zerfällt und vergeht; das ganze Meer heult es, wenn es zu *einem* Schlunde sich auftut und nach dem Felsen schnappt.

Smaragdgrün ist sein Schlund am Tage und durchscheinend im Lichte der Sonne; aber wenn die Sonne gegangen ist, ist sein Rachen schwarz und unergründlich, und durch weißtriefende Zähne brüllt es sein Lied:»Ich zwinge dich doch.«

Lebst du, furchtbare Macht? Ist eine Seele in dir, die sich mit der meinen berührt und bindet, die ihr Antwort gibt auf schweigende Fragen?

Eine kindische Lust erfaßt mich, die Furchtbare zu reizen. Ich grabe die Hand in den Sand der Düne und rufe in stummen Gedanken:

»Sieh zu, ob du mich bezwingst!« Sieh, da weicht die Flut zurück, und es wird stille den ganzen Strand entlang. Da läuft ein Murmeln den ganzen Strand entlang von Osten nach Westen, ein Zischeln und Tuscheln, ein Hetzen und Stacheln, ein Rennen und Raunen.

Eine schwächliche Welle läuft über den Sand – und noch eine – und noch eine. Ihr Glanz und Blinken ist ein lauerndes, listiges Lächeln.

Und dann naht es aus schwarzer Ferne, ... rrrrrrrrrrrrrr . . . – wie eine Salve von hunderttausend Flinten rollen und rattern die Geschosse der Flut heran, und mit einem Wutschrei umschlingt sie aufspritzend meine Füße.

Und mit breitem, höhnendem Lächeln kriecht sie zurück.

Dich erkenn' ich, Geheimnis der Masse. In wenigen Tropfen ist es weich und milde, das Wasser, kühl und erquicklich, schwach und flüchtig, der Finger zerreibt es.

Im Strom und im Meer ist es groß und erhaben, tückisch und gewaltsam, zermalmend schrecklich.

Ein Augenblick großer Stille ist gekommen; fast lautlos branden und stranden die Wellen, und hörbar klingen meine Gedanken. Eine Möwe fliegt auf ruhigen Schwingen von Morgen gen Abend durch den ganzen Himmel. So durchmißt des Menschen Gedanke das Rund der Welt und bezwingt mit ruhigem Flügelschlag die Schrecken der Unendlichkeit.

»Hahaha,« ruft die Möwe herab, und die Stille wird schaurig durch ihr Lachen.

Wieder erhebt sich die Stimme des Meeres. Aber es brüllt und tobt nicht mehr, es singt. Nicht auf der Oberfläche schwebt dieser Gesang; er kommt tiefher, aus dem Innern des Meeres. Oft, oft schon hört' ich dieses seltsame Lied und kann es nicht entwirren, nicht verstehen. Ist es Drohung – ist es Klage? Mehr Klage dünkt es mich als Drohung.

Immer noch läuft das Meer gegen den Strand, und immer wieder sinkt es gebrochen zurück; denn es muß, es muß, es muß.

Es ist nicht sein Wille, daß es die Felsen zernagt und das Land zerreißt, es muß, es muß.

Je länger ich in sie hineinstarre, desto schrecklicher wird sie mir, diese Rastlosigkeit, diese traurige, zermalmende Rastlosigkeit.

Wind und Wolke, Mensch und Meer, ruhlos und rastlos werden sie gejagt vom Sturm der Notwendigkeit und wissen nicht, was sie tun.

Meer, du Klagegesang der Welt.

Wie klein ist in deinem Wehen mein Leid, wie erbärmlich, und darum wie groß!

Es ist ein winziges, alltägliches Menschenleid, und darum ist es ein erdrückendes Leid.

Ich habe mein Bestes, mein Fröhlichstes, Mutigstes verloren, mein Gesundes: meinen Glauben an die Zukunft der Menschenseele.

Ich habe das Häßlichste des Menschen gesehen: seine selbstbewußte Gewöhnlichkeit, seine alltägliche Durchschnittsgemeinheit, die tiefer entmutigt als Verbrechen und Laster. Das hat mich entwurzelt.

Wenn ich's den Menschen erzählte, würden sie lachen. »Er hat einen Antrag gestellt und ist damit nicht durchgedrungen – das ist sein Schmerz.«

Und aus vollem Halse würden sie lachen.

Wie einsam ist des Menschen Seele.

Nur du lachst nicht, Meer, du Klagegesang der Welt. Immer milder wird dein Klang, immer lockender und weicher, und es ist ein schwesterlicher Hauch in deinem Klange.

»Tu's – tu's – tu's – komm her!«

Auf und nieder, auf und nieder wiegt sich ein Weißes auf der dunkelblinkenden Flut. Es ist eine Möwe, die sich der schwankenden Wiege freut. Lange schon sah ich sie, und endlich bemerk' ich, daß sie tot ist. Wie eine weiße Flocke ruht sie auf des Meeres ewig wallendem Mantelsaum.

»Tu's – tu's – tu's – komm her!« haucht das Meer. »Wandre mit als ein Tropfen in meines Mantels ewig bewegtem Saum. Es ist ein reineres Los als mit den Menschen ringen. Und Leiden ist, soweit die Welten wandern.«

Seit langem seh' ich in äußerster Ferne am Horizont eine schwarze Masse. Mir scheint oder mir träumt, es ist ein Schiff. Mir scheint oder mir träumt, es segelt gen Untergang. Das ist mein Leben, es geht den tieferen Schatten zu.

Muß denn mein Leben diesen Weg nehmen?

Wenn man aus den Menschen nichts machen kann, so macht man etwas aus sich selbst!

Wie wär's, wenn man Diplomat würde.

Ein Narr, wer sich die Masse zu Feinden macht und sich um seinen Frieden bringt. Sei wie Dr. Ölmann, sprich vom hehren Idealismus und von der großen heiligen Kunst und ihren ewigen Gesetzen und gib ihnen Kunstfusel mit etwas Schiller. Für dich im stillen magst du dann sein und tun, was du willst. Du ruhst bis an dein Lebensende auf einem breiten weichen Polster, gemacht von feisten Menschenleibern, und kannst in dir das Menschentum »zur höchsten Blüte bringen«.

Aus dem Buschwerk am hohen Ufer klagt ein einsamer Vogellaut. Wo bist du, meine Seele? Du entschwebtest in die Irre und verlangst klagend nach Haus.

Nun erst ist das tiefste Dunkel gekommen. Wie ein flüssiger Körper umspült mich das Dunkel, und ich trinke das Dunkel, daß es in mir ist wie außer mir, und ich bin eins geworden mit dem Dunkel.

Heller und lauter ruft des Vogels Stimme aus dem Buschwerk, und die Akkorde des Meeres rauschen dazwischen. Über dem dumpfen Gesang des Meeres schwebt das zarte Lied wie eine irrende Schwalbe, wie ein zitterndes Licht...

Oder ist der Schimmer dort am Horizont in Wahrheit Licht?

Ist die Stimme des Vogels Licht geworden – ist jenes Licht im fernsten Dunkel ein Singen geworden?...

Bei Gott, es ist Licht – Licht, das weit hinten durch einen unsichtbaren Spalt der Wolkenmauer fällt!

Schier bis in den höchsten Sternenraum ist die Wolkenmauer gewachsen.

Und hoch, hoch oben an ihrem äußersten Rande – was ist das? Ist es Licht?

Nein, es ist nur ein Traum vom Licht.

Aber nun ist es wie Verheißung des Lichtes.

Und nun ist es wie Hoffnung des Lichtes.

Und nun ist es Glaube an das Licht geworden.

Und dann quillt es in zarten Flocken über den Rand: quellenreines, seliggeborenes Licht, weißsilbernes Licht, geblendet zitternd vor seiner eigenen Reinheit!

Und weiter den schaurig fernen Rand der finsteren Mauer entlang säumt es sich, wölkt es sich silbern und freundlich. Hinter den Nächten wandelt ein Licht.

Und dann kommt er selbst, der Mond, das redende Licht versonnener Stunden, die regungslose Fackel der Melancholie.

Langsam wandelt er über den Wolkenkamm dahin, langsam wie über einen Wiesenplan ein Flötenspieler wandelt, der weltentwandert das Lied des innersten Lebens spielt. Und mit ihm wandert, rollend und rauschend, in gleichem Gange des Meeres Gesang.

Und mit ihm ist meine Seele gezogen wie ein einsames Schiff, dessen Segel blinken im weißen Licht.

IV. Allegro beatissimo.

Fröstelnd schreck' ich empor. Drei Schläge hab' ich vernommen, drei mächtige, hallende Schläge gegen das Sonnentor.

Und mit stockendem Atem horcht die Welt. In kurzen, dumpfen Stößen schlägt das Meer, wie ein banges, pochendes Herz.

Und von einem Punkt am östlichen Rande des Meeres rinnt ein Rieseln und Wirbeln und Zittern über den Himmel und breitet sich fächerförmig aus.

Und sieh, aus den östlichen Fluten steigt ein hügelreiches Land.

Silberne Hügel wachsen hervor.

Violette Berge türmen sich auf.

Grüne Höhen steigen empor.

Ein Berg des Goldes tritt ans dem Grau.

Höher und höher heben sich rote Gipfel.

Noch liegt es grau zwischen den grünen und silbernen Bergen, zwischen den Höhen des Goldes und den Hügeln der Röte.

Aber ein seltsames Summen kommt aus den tiefsten Tälern.

Und heller und heller blaut es zwischen den Höhen, und aus den blauen Tälern steigen frohe Menschen empor, plaudernde, singende, schweigende Erdenpilger, ernste und lustige, würdige und komische, lachende und weinende Wanderer, aber fröhlich alle, fröhlich alle.

Denn die Vollendung aller ist da.

Im äußersten Morgen, hinter den letzten Höhen, kommt das Ziel der Wanderung langsam, leise heraus: die obersten Zinnen einer weißen Burg.

In endlosen Zügen steigen die Menschen herauf, in Mengen und allein, zu zweien, zu dreien, zu zwölfen, zu hunderten, eine große Wallfahrt, die letzte Wallfahrt, bei der die Andacht Frohsinn und die Lustigkeit Gebet ist.

Sie tragen noch alle das Gewand der Erde, und in ihren Gewändern hängt noch der Nebel der Tiefe. Manche stürmen den andern voraus in ausgelassener Fröhlichkeit. Das sind die, die schon auf Erden glücklich waren. Die aber auf Erden glücklos waren, steigen langsam und still empor und tragen in ihren Augen noch den letzten Glanz des Erdenleides. Da seh' ich Könige, die einen Freund gesucht und keinen gefunden, Propheten und Erfinder, die keinen Glauben gefunden, Kinder, die vergeblich nach einer Mutter ausgeschaut, alte Mädchen, die den unbegehrten Schatz ihrer Liebe durch ein ödes Leben getragen. Aber alle schauen hinauf zu jenen weißen Zinnen, die höher und höher steigen, und Freude ist auf allen Angesichtern.

Und Musik ist mit allem, was da wandert und strebt auf goldenen Zacken und violetten Höhn; das All der Welt ist voll strömenden Klangs. Mit Chören der Frommen mischt sich stürmender Gesang der Einsamen, mit jauchzenden Liedern der Leichtgesinnten mischt sich träumender Zwiegesang. Sieh, neben den singenden Frommen schreitet, springt ein lachender Jüngling dahin und wandelt die Weise ihres Liedes ab in ein lachendes, tanzendes Stakkato. Und die Frommen hören ihm zu mit freundlichem Lächeln; denn sie verstehen seine Andacht.

Zweie seh' ich langsam, langsam emporsteigen und höre sie von vergangenen Tagen sprechen. Den stillen Blick zum hohen Licht gekehrt, erzählen sie immerfort, immerfort, ein langes Leben voll langer Qual. Ihr Gespräch ist wie ein singender Wind, der Sommerabends durch den Garten geht. Aber das Licht der Höhe blinkt in ihren Augen, und das Leid ihres Lebens klingt aus ihnen hervor wie tiefes Glück.

Horch, aus einem unbekannten Tale wälzt sich's herauf wie von brummenden Bässen, nimmt einen Anlauf und überschlägt sich und kollert wieder bergab, nimmt einen zweiten Anlauf und purzelt wieder zurück und nimmt abermals einen Anlauf und abermals einen, und da tauchen sie über einem silbernen Gipfel auf mit roten, breiten, schweißtriefenden Stirnen und schnaufenden Nasen. Das sind die wohlbeleibten Seelen, die immer gesagt, es gäbe keine Morgenröte.

Zuletzt von allen haben sie's doch geglaubt und kommen nun auch zum ewigen Fest. Aber weil sie so lange gezögert, mußten sie schnaufen, derweil die andern sangen.

O sieh: von allen Höhen, von den silbernen und orangenen Hügeln, von den Gipfeln des Goldes und der Bläue, von roten und violetten Kuppen bauen sich Brücken, bauen sich hinüber zum Berge der weißen Zinnen! Brücken von Rosengeflecht und hängenden Syringen!

Und nun strömt es von allen Enden über die Brücken dem einen, weißen Glanze zu.

Warum aber staut sich die Menge vor jener Brücke? Ach, zwei Professoren sind stillgestanden und streiten über die Lehre von den letzten Dingen. Nicht Zorn und Haß ist in ihren Worten und Mienen; sie streiten mit seligen Gesichtern; aber so erregt ist der eine, daß er seinen Hut verloren hat und ihn vergeblich sucht. Ein Gottesleugner faßt sie freundlich bei den Schultern und schiebt sie lächelnd voran.

Auf weitem Plan vor der weißen Burg sind die ersten angekommen, und wogend wächst das farbige Gewimmel.

O, ein Engel steht vor der Pforte der weißen Burg. Licht umwittert seine Flügel; Ewigkeit umkränzt seine Stirn.

Und die ihn sehen, erschauern vor seiner Schönheit.

Nur ein Knäblein tanzt ihm jauchzend entgegen; es hat den Hut des Professors gefunden und ihn schief auf die schimmernden Locken gedrückt; in übermütigen Sprüngen tanzt es vor dem ernsten Seraph und blitzt ihn aus schelmischen Augen an . . .

Und die umstehenden Kinder der Erde erstarren ob dieser Entweihung des heiligen Augenblicks und sehen bangend auf den Genius.

Der aber lächelt dem Knaben zu, beugt sich zu ihm nieder und küßt ihn auf die Stirn. Und ein Lächeln der Befreiung rauscht über die unabsehbare Menge dahin.

Die letzten haben den Gipfel erreicht, und Millionen Millionen Herzen schlagen in *einer* Erwartung.

Nur zwei Kindlein stehen noch vor der letzten Böschung. Schon hat das eine den Fuß auf die letzte Höhe gesetzt, schon blickt es mit aufgerissenen Augen in den weißen Glanz – da hört es seinen Gefährten unter ihm seufzen. Und eilig kehrt es zurück und reicht ihm die Hand und hilft ihm hinauf auf die letzte Höhe.

Und der Seraph zerteilt die Menge und tritt auf den Helfer zu und nimmt ihn bei der Hand, und mit ihm schreitet er voran dem höchsten Lichte entgegen.

Auf tut sich die Pforte der weißen Burg, und durch sieben Tore der Seligkeit schreitet die Menschheit empor zum ewigen Glück. Immer lauter rauscht die Musik des Weltalls, immer gewaltiger schwillt sie empor, und immer schöner doch, immer entzückender ergreift sie die Herzen, und sieh: unter Donnern der Seligkeit zerreißt das letzte Tor, das letzte Tor zum reinsten Licht.

Ich habe das letzte Licht nicht gesehn; geblendet fiel mein Haupt zurück in den Sand der Düne.

Als ich es wieder erhob, stand die gleißende Morgensonne über dem Meer.

Aber am Grunde meiner Augen ist ein Glanz geblieben, der bis ans Ende meiner Tage brennt.

Anna Menzel.

Herr Sievers und Frau betrachteten sich ihr erstes Dienstmädchen. Herr Sievers hatte in den letzten Jahren Glück gehabt in seinem Maurerhandwerk, so viel Glück, daß er sich nun ein eigenes Haus und seiner Frau ein Dienstmädchen leisten konnte. Die Zigarre zwischen den halb entblößten Zähnen haltend, lugte er über das »Lokale« seiner Zeitung hinweg nach dem Mädchen; Frau Sievers aber gab sich, in einem breiten Sessel ruhend, dem hochinteressanten Geschäft mit ihrer ganzen und vollen Persönlichkeit hin. Man durfte immerhin von einer vollen Persönlichkeit sprechen.

Vor ihr stand ein schlankes Mädchen von achtzehn oder höchstens neunzehn Jahren. In glücklichen Stunden mochte das Mädchen hübsch sein – das ließ sich fast mit Sicherheit annehmen – zurzeit aber lag ein Ernst auf seinen Zügen, der zu seinen Jahren in keinem Verhältnis stand. Die Mundwinkel waren beständig ein wenig herabgezogen: ein Zug, den der Kummer nur durch jahrelange, liebevoll-stetige Arbeit auf unserem Gesicht herausbildet.

»Ich gebe sechzig Taler Lohn,« sagte Frau Sievers, indem sie sich auf der »sechzig« einen Augenblick lang behaglich situierte; dann in die Wirklichkeit zurückkehrend, wiederholte sie: »Sechzig Taler Lohn und natürlich Mützengeld.«

»Wenn es ginge,« wandte das Mädchen bescheiden ein, »möchte ich lieber keine Mützen tragen.«

Aber das gab's nicht. Nun konnte sich Frau Sievers zum erstenmal einen Dienstboten gönnen, und da sollte es keiner in Uniform sein? Und warum denn nicht? Das verstehe sie nicht!

Das Mädchen machte eine kaum merkliche, verlegene Bewegung und schwieg.

»Alle vierzehn Tage,« fuhr Frau Sievers fort, »haben Sie einen Abend in der Woche frei, und außerdem alle drei Wochen einen Sonntagnachmittag – wenn Sie mit Ihrer Arbeit fertig sind natürlich. Aber um zehn Uhr müssen Sie zu Hause sein; später ausbleiben und Herumtreiberei und so was dulde ich durchaus nicht.« Sie lehnte sich tief in den Sessel zurück, und das Auge eines Dichters würde in diesem Augenblick gesehen haben, wie sie sich einen schweren und teuren Mantel von sittlicher Würde um die Schultern zog. »Herr Sievers ist darin sehr strenge,« fügte sie hinzu.

Herr Sievers wußte nicht, wie er zu dieser Huldigung kam; aber er akzeptierte sie, indem er seine Züge sichtbarlich verhärtete.

»Sie können auch sonst gern mal gehen, wenn Sie fertig sind,« sprach die Herrin des Hauses in liberalem Tone weiter. »Viel zu tun haben Sie hier ja nicht; die paar Zimmer – Kinder sind hier nicht – wenn Sie mal mit nach dem Essen sehen und nachmittags 'n bißchen Handarbeit machen – dann können Sie nachher meinetwegen tun und machen, was Sie wollen.«

»Muß ich auch die Wäsche machen?« fragte das Mädchen.

»Ja – natürlich! Aber das Plätten besorge ich selbst. Das macht mir doch keine zu Dank.« Die letzten Worte sprach sie zu ihrem Gatten gewendet.

In seinem Nicken sprach sich Anerkennung ihrer hausfraulichen Tugenden aus.

»Wie heißen Sie noch?«

»Anna Menzel.«

»Also, wenn Sie einverstanden sind, Anna, dann können Sie am ersten Mai zugehen. Hier sind Ihre Zeugnisse und Ihre Dienstkarte.«

Das Mädchen nahm die Papiere dankend entgegen und verabschiedete sich. Herr Sievers machte mit der Zigarre im Munde eine gemessene, aber wohlwollende Sitzverbeugung.

Das wurde Anna bald genug klar: ein schlechter Dienst war es bei den Sievers nicht. Wenigstens in einer Hinsicht war man nicht interessiert: Essen und Trinken waren gut und reichlich; sie durfte sich nehmen, soviel sie wollte. Und als sie wenige Tage nach ihrem Antritt das Mißgeschick hatte, eine ziemlich wertvolle Terrine auf den Boden und in Scherben fallen zu lassen, bemerkte zwar Frau Sievers mit mildem Vorwurf und offenbar in Übereinstimmung mit den Tatsachen, daß *sie* die Terrine doch vier Jahre lang gebraucht und nie »entzweigeschmissen« habe; aber sonst machte sie durchaus kein Aufhebens von der Sache, und nach drei Minuten hatte sie sie bereits vergessen.

Ein wahres Glück für Anna Menzel, endlich wieder, wie es doch schien, ein erträgliches Dasein gefunden zu haben. Bis ins siebzehnte Jahr hinein war sie, eine einzige Tochter, im Elternhause gewesen; an Stelle ihrer kränklichen und arbeitsunfähigen Mutter hatte sie den Haushalt geführt. Ihr Vater, ein kleiner Handwerker, hatte einen auskömmlichen Verdienst, aber auch nichts mehr gehabt. Das Bedürfnis, ihre Tochter »vom Hause zu geben, damit sie Unterschied lerne«, hatten die beiden Alten nie gefühlt; vielmehr hielten sie diese treue und liebevolle Hilfe mit Herzen und Händen fest. Und es war gut, daß sie noch ein paar Jahre zärtlichen und warmen Beisammenseins mit ihrem Kinde genossen; denn bald rief sie der Tod, eines schnell nach dem andern, ab. So stand das Mädchen allein. Ein älterer Bruder war schon vor Jahren nach Amerika gegangen und ließ wenig und außer der Nachricht von seinem Wohlergehen nur Gleichgültiges von sich hören. Im »Lande der Freiheit«, wo die Menschen – von der Hitze oder von der Jagd nach dem Dollar? – so ausgemergelte, ausgereckte, abgehetzte, gierende Züge bekommen, war er seiner Familie abgestorben.

Anna ging ihre Diensterfahrungen durch: sie war bisher durchaus nicht verwöhnt worden. Am besten war es noch in ihrem ersten Dienstverhältnis gewesen, obwohl die Hausfrau sehr wenig Liebenswürdigkeit gezeigt hatte. Desto freundlicher war der muntere, stets zum Scherze geneigte Herr gewesen. Die Gebieterin, die den Scherz ihres Gatten nicht so kindlich unbefangen beurteilte wie Anna, hielt es für geraten, vorzubeugen und das Mädchen zu verabschieden. Ahnungslos und nicht wenig bestürzt empfing Anna die Kündigung, und als sie weinend nach dem Grund fragte, erhielt sie eine ausweichende Antwort. Wie entsetzlich, die *erste* Stelle schon nach einem halben Jahre verlassen zu müssen. Das war eine hübsche Empfehlung. Freilich fiel das Zeugnis sehr günstig aus, und so fand sie es denn auch bald einen neuen Dienst.

Aber auf dieser zweiten Stelle hatte sie hungern und frieren müssen. Das tat weh. Die Speiserationen wurden ihr zugemessen, und die Hausherrin, die alle Sparsamkeitsrezepte aus ihrem Hausfrauenjournal befolgte und sie in der Ausführung noch zu überbieten versuchte, sammelte die Krumen, um sie im Brotschrank zu verschließen. Annas Zimmer war, wie fast alle »Mädchenzimmer«, nicht heizbar; auf ein eigenes wohnliches Gelaß, auf eine Heimat mit vier Wänden, hatte sie keinen Anspruch. Und in der allerdings heizbaren Küche, in der das Mädchen sich auch in seinen freien Stunden aufhielt, wurde außer dem für die Bedürfnisse der Herrschaft erforderlichen Quantum den ganzen Winter hindurch keine Kohle gebrannt. Dagegen war die junge Hausfrau nach Vorschrift ihres Journals sehr für gesunde, frische Luft eingenommen, weshalb sie, auch an recht kalten Tagen, sofort nach Fertigstellung der Mahlzeiten weit die Küchenfenster zu öffnen pflegte. »Frische Lust ist das halbe Leben,« pflegte sie dann wohl in heiter überzeugtem Tone zu dem Mädchen zu sagen, indem sie wieder in die Wohnstube ging.

Anna hätte wohl gern dieses unwirtliche Haus verlassen; aber sollte sie auch den zweiten Dienst sobald aufgeben? Unmöglich.

Und dann war doch auch eines – ach ja, eines war dagewesen, an dem sie wirklich mit ganzem Herzen gehangen hatte: das Kind ihrer Herrschaft! Der süße kleine Erwin! Wer ihn jetzt wohl des Nachmittags auf dem Arme trug und spazierenfuhr? Die hatte ihn wohl nicht so lieb wie sie! Zu ihr – gewiß – zu ihr war er immer viel lieber gegangen als zu seiner Mutter!»Janna, Janna, bei Janna schein!« hatte er – ach wie oft – gerufen und dabei die dicken, runden Ärmchen ausgestreckt. Solch ein reizendes Geschöpf gab es ja wohl nicht wieder auf der Welt. Sie hätte so gern eine Photographie von ihm gehabt; aber das wagte sie nicht zu sagen. – Ach ja, wie mochte es ihm nun wohl gehen?

Fest und leidenschaftlich hatte sie dieses Kind an ihr Herz geschlossen; wenn sie mit ihm allein war, hatte sie es heimlich geherzt und gehätschelt und auf Ärmchen und Wangen geküßt, und dann war sie glücklich gewesen, auf Augenblicke glücklich und ganz zufrieden. Und als nach einem Jahre der Dienst zu Ende war, weil der Herr Zollamtsassistent versetzt wurde, da hatte sie mit heißen, strömenden Tränen von ihrem Liebling Abschied genommen. Wieder ganz arm, war sie mit ihrem Bündel ganz von neuem in die Welt hinausgegangen. Das hatte sie nicht gewußt, daß ihr das Kind eine Heimat gewesen.

Dann war sie als Kleinmädchen in das große Haus eines »Konsuls« gekommen, eines jener Großkaufleute, die aus den Kolonien »drüben« einen bunten Papagei, eine farbige Frau und vor allen Dingen Geld mitgebracht haben. Seelenfroh war Anna, daß sie nun ein Nebenmädchen, eine Kameradin, eine mitfühlende Genossin hatte. Nun konnte sie doch einmal ein vertrauliches Wort reden, ohne beständig fürchten zu müssen, daß sie die »Grenzen ihrer Stellung« überschreite. Diese beklemmende Furcht hatte nun schon so lange unablässig auf ihr lebendig klopfendes Herz gedrückt. Und die Köchin war eine Person von wahrhaft bezwingender, stürmender Liebenswürdigkeit. Gefällig und kameradschaftlich bis zum Übermaß! Und wie drollig und ungeniert sie über die Herrschaft sprach! Wie im Himmel fühlte sich Anna; der Gipfel ihres Glückes war er klommen. Sobald aber die Köchin merkte, daß die andere sich durch ihr stilles, freundliches Wesen bei den Herrschaften eine besondere Beliebtheit erwarb, begann sie plötzlich eine wunderbare Gemeinheit zu entwickeln. Sie erschwerte ihrer Genossin nach Kräften die Arbeit, verleumdete sie bei der Herrschaft, kränkte sie täglich und stündlich durch Worte und Mienen von ausgesuchter Niederträchtigkeit und entwickelte eine unglaubliche Vielseitigkeit in der Erfindung immer neuer Bosheiten. Mit dieser Person sollte Anna zusammenwirken und zusammen leben! Es kam ihr eine Ahnung davon, daß es auf der Welt kein entsetzlicheres Schicksal gibt, als einem elenden Menschen preisgegeben zu sein. Sie brachte ihre Tage mit Weinen, mit zornigen Vergeltungsgedanken, mit ohnmächtiger Verzweiflung zu. Einer solchen naiven, selbstgerechten Roheit gegenüber war sie wehrlos. Als sie eines Tages mit einem Handwerker, der im Hause des Konsuls eine Reparatur zu besorgen hatte, ein paar Minuten geplaudert hatte, erklärte die Köchin mit erhaben und breit agierender, explosiver Entrüstung, daß sie zur Herrschaft gehen und kündigen wolle, und dann wolle sie sagen, daß sie ein anständiges Mädchen sei und nicht länger mit »so einer« zusammendienen wolle, die jedem »Kerl« nachlaufe.

Das stieß denn dem Faß den Boden aus. Ein ganzes Jahr hatte Anna auf ihrer vorigen Stelle Hunger und Kälte gelitten, und sie würde noch länger ausgehalten haben; aber dies war nicht mehr zu ertragen. Sie stellte dem Konsul die Sache vor. Die kleine, zierliche Frau Konsul war, als sie Anna kaum zu Ende gehört hatte, ganz bange geworden; sie hatte mit beiden Händen heftig abgewehrt und sie an den Herrn verwiesen.

Der Herr Konsul behandelte die Sache sehr würdevoll und reserviert. Man konnte sich doch nicht mit dem Gezänk der Dienstboten befassen.

»Wir haben so etwas schon bemerkt, Anna,« sagte der Herr Konsul. »Und wir können uns ja wohl denken, auf wessen Seite die Hauptschuld zu suchen ist. Aber das wird sehr schwer festzustellen sein, und darum ist es das beste, Sie gehen beide.«

Vor diesem Akte der Gerechtigkeit bekam Anna einen lebhaften Schreck; aber was half es – sie mußte ihren Dienst nach einem halben Jahre verlassen, und das war ihr unsagbar peinlich.

Auch die Köchin mußte gehen; aber schon vierzehn Tage später suchte der Herr Konsul sie persönlich auf, »kaufte« sie von ihrer neuen Herrschaft »los«, und im Triumphe kehrte sie zurück an die Stätte ihrer früheren, ruhmgekrönten Wirksamkeit. Sie kochte denn doch zu famos, und namentlich wußte sie die unglaublichsten Ragouts mit einer Meisterschaft zu bereiten – ah! – der Herr Konsul hätte es einfach nicht länger ohne sie ausgehalten.

In zwei Jahren dreimal die Stelle wechseln – ja, es war ein eigenes Mißgeschick, das Anna verfolgte. Aber nun hoffte sie auch festzusitzen; in den ersten acht Tagen wenigstens ließ sich ja alles recht gut an. Wenn ein böser Zufall sie nicht wieder vertrieb, so hoffte sie lange auszuhalten bei den Sievers; an ihr sollte es nicht liegen!

Ihr schlichter Geist war aber nicht vorausschauend genug, um zu ahnen, daß um diese Zeit im friedevollen Gemüt der Frau Sievers große Umwälzungen sich vollziehen würden. Die ungeheure Bedeutung des Dienstboteninstituts kam nämlich dieser beschaulichen Frauennatur erst nach und nach im ganzen Umfange zum Bewußtsein. Schon nach acht Tagen erkannte diese Menschenkennerin, daß man dieser Anna neben der Reinigung und Instandhaltung der sechs Wohnräume nicht nur die ganz allgemeine und bloß zeitweilige Obhut über die Kochtöpfe übertragen, sondern daß man die Gesamtheit der überwachenden Tätigkeit, wie Umrühren und Wenden, Begießen und Würzen der Speisen, vertrauensvoll in ihre Hände legen könne.

Und nach Verlauf weniger Wochen, in denen Anna sich glänzend bewährte und Herrn Sievers das Essen besser schmeckte als je zuvor, übertrug Frau Sievers mit einem kühnen Vorstoß auch die gesamte Initiative im Kochgeschäft, so daß ihr nur noch die allerdings täglich sich erneuernde Sorge um den Küchenzettel blieb. Sie gehörte zu jenen hochherzigen Naturen, die nicht halb vertrauen und halb mißtrauen können; wo sie einmal vertraute, da vertraute sie ganz; auf wen sie bauen konnte, auf den baute sie immer ein Stockwerk nach dem andern.

So ehrenvoll für Anna nun auch zweifellos die wiederholte, stillschweigende Bestätigung ihrer unbedingten Verläßlichkeit war, so läßt sich doch begreifen, daß sie weiteren Vertrauensbeweisen mit einer gewissen Beunruhigung entgegensah. Die »sonstigen« freien Stunden, in denen Anna »tun und machen konnte, was sie wollte«, waren eigentlich vom ersten Tage an in Wegfall gekommen. Freilich konnte sie den ganzen Tag über tun und machen, was ihr gefiel (denn keine Seele kümmerte sich um sie), nur mußte am Abend ihr Pensum bewältigt sein, und dieses Pensum half ihr über die Qual, die die Wahl einer Beschäftigung so manchem bereitet, glatt hinweg. Seit einiger Zeit schon hatte sie freiwillig ihre Ausgeh-Abende zu Hilfe genommen – es *mußte* sein, wenn sie überhaupt fertig werden wollte.

Was sollten ihr denn auch diese Abende? Wohin, zu wem sollte sie gehen? Sie hatte wohl ein paar entfernte Verwandte in der Stadt; aber die waren ihr fremder als Fremde. Im Elternhause hatte man still und für sich gelebt und nur sehr wenig Umgang mit anderen gepflogen. Gleichwohl hatte sie hin und wieder eine Freundin gehabt, eine Schulfreundin – aber was sind Schulfreundschaften! Mit einer wohl war sie recht herzlich verbunden gewesen; aber die hatte eine reiche Partie gemacht. Da »paßte« es nicht. Was würden die wohl für Augen machen, wenn *sie* zum Besuche käme, ein Dienstmädchen – na!

Zum Tanze ging sie auch nicht. Vor dem Tanzboden hatte man ihr im Elternhause eine unbegrenzte Scheu eingeprägt – dahin gehen, das war schon so gut wie untergehen da draußen, da, in dem unheimlich tosenden Wirbel, der allabendlich durch die Stille herüberdrohte.

Hätten ihre Eltern noch gelebt, so würde sie es doch vielleicht eines Abends gewagt haben, dem Verbot zu trotzen und ein erstes Mal den Tanz zu kosten; denn wie ein Rückzugs- und Anlehnungspunkt war das elterliche Haus da. Aber in ihrer Einsamkeit hatte sie doppelte Furcht vor dem Weltwirrsal; ein Schritt hinaus schien ihr das Verderben.

Öffne dem jahrelang gefangenen Vogel den Käfig: er getraut sich nicht in die Freiheit.

Also was sollte sie mit den Ausgeh-Abenden anfangen? Sie arbeitete, um ruhig schlafen gehen zu können. Um die notwendigen Arbeiten für sich selbst besorgen zu können, ihre Wäsche, ihre Kleider auszubessern und instand zu halten, blieben ihr ja noch die freien Stunden am Sonntagnachmittag.

Frau Sievers war gewiß eine gute Hausfrau; noch vor kurzem hatte ein Hausfreund sie in einem Toast eine »Zierde ihres Geschlechts« genannt, bei der man vorzüglich esse und die ihr Heim wie ein Schmuckkästchen halte, und Herr Sievers hatte in verhaltener Begeisterung dazu genickt. Sie verstand sich vortrefflich auf das »stille Walten«, namentlich seitdem sie mit geruhiger Regelmäßigkeit einen Jahresring nach dem andern ansetzte; alles machte sie ohne Aufregung und ohne Anstrengung. In ihren kontemplativsten Stunden gelangte sie – spät genug – zu der Erkenntnis, daß der Begriff »Dienstbote« eigentlich das Merkmal einer absoluten Verantwortlichkeit und Verwendbarkeit in sich schließe. Eine arbeitende Dienstbotenbesitzerin –? Mit dem eigentümlichen, treffsicheren Instinkt der Frauen ahnte sie so etwas wie eine contradictio in adjecto, obwohl sie von einer solchen sicherlich nie gehört hatte. Und so schrak diese mutige Frau auch vor der letzten Konsequenz, vor dem höchsten Beweis ihres Vertrauens nicht zurück, das Bügeln der Wäsche, das »ihr sonst doch niemand zu Dank machte«, an das Mädchen abzutreten.

Sie hatte früher selbst arbeiten müssen, diese Frau, und sie hätte ein Maß haben können für die Kraft und die Bürde eines Menschen. Aber Emporkömmlinge vergessen leicht. Und sie übernehmen sich an jedem neuen Gewinn. Jede neue Stufe feiern sie mit einem sinnlosen Rausch.

Wenn sie unter ihrer Last nicht zusammenbrechen wollte, mußte Anna nun wohl ein Stück von ihrer Gewissenhaftigkeit über Bord werfen. Das kostete ihr unendlich viel Überwindung. Aus dem Elternhause hatte sie einen peinlichen Ordnungssinn mitgebracht. Etwas Unfertiges, nachlässig Gearbeitetes hatte sie nie aus den Händen loswerden können. Nun mochte sich ihre reinliche Natur noch so sehr sträuben – sie mußte sich schon in die Notwendigkeit fügen, wenn die Arbeit wenigstens äußerlich abgetan werden sollte.

Gegen solche Reduktionen hatte nun auch Frau Sievers nicht das geringste einzuwenden, und zwar schon um deswillen nicht, weil sie nichts davon merkte. Die Natur hatte ihr jenen Blick für das Große verliehen, der über die Ecken und Winkel hinwegsieht. Dazu kam, daß sie ihre Tage entweder außer dem Hause in anregendem Verkehr mit gleichgestimmten Freundinnen oder, wenn sie zu Hause war, doch fast immer in derselben Stube und auf derselben Chaiselongue verbrachte. Die Lesezirkelmappe, die das Haus Sievers ersichtlich aus fünfzehnter Hand empfing, brachte wöchentlich sieben Romanstücke. Die »Novellenzeitung« oder, wie Frau Sievers mit Nachdruck aussprach: »Nofellenzeitung« – sie ärgerte sich über die Unbildung, die ein »w« las, wo doch »v« stand – also die »Nofellenzeitung« fügte fünf Romanstücke hinzu, und damit nichts umkomme, wurde der Roman unter dem Strich der Tageszeitung im Vorübergehen mitgenommen. Die Auseinanderhaltung dieser dreizehn »Fortsetzungen« wäre an sich wohl eine Aufgabe gewesen, vor der sich Anna Menzels Tagewerk schamhaft hätte verkriechen müssen; aber glücklicherweise kam es den meisten dieser Romane auf ein paar untergeschobene, entführte oder vertauschte Kinder oder Kapitel nicht an. Und Frau Sievers war in diesem Punkte nun schon gar nicht kleinlich.

Bei solcher Lage der Dinge erscheint es begreiflich, daß Anna Menzel unter Scheltworten und Antreibereien nicht zu leiden hatte. Insofern war die Behandlung gut; sie wurde eben überhaupt nicht behandelt. Hier war die Arbeit und da war das Geld dafür; drinnen war die Herrschaft und draußen war das Mädchen. Ihre Mahlzeiten nahm sie am Küchentisch ein; ihre freien Stunden feierte sie am Küchenfenster. Wenn man einmal den beiden Sievers von ihrer großen Dankespflicht gesprochen hätte, so würden sie ohne Zweifel ein Gesicht gemacht haben wie ein Pferdeknecht, der, mitten in der

Nacht aus dem Schlafe gerissen, eine Stelle aus dem Thukydides übersetzen soll. Und doch ist ein ungerechtes Scheltwort leichter zu ertragen als stillschweigender Undank.

Schon nach den ersten acht Tagen hatte Anna zu fühlen angefangen, daß ihr in diesem Hause etwas fehle. Aber sie wußte nicht, was. Merkwürdig – hier brauchte sie nicht zu hungern und nicht zu frieren – hier quälte sie nicht die Niedertracht einer unversöhnlichen Feindin – sie wurde nicht gescholten und nicht getrieben – und doch – ja ja, wahrhaftig – es war ihr fast, als hätte sie lieber gehungert und gefroren.

Was war das nur?

Warum war es ihr hier immer bei der Arbeit so, als nütze das alles nichts, als habe das gar keinen Zweck, was sie tue, als werde das nun immer so bleiben bis ans Ende ihrer Tage, einerlei, ob sie nun fleißig sei oder nicht? Warum fand sie nie mehr den Mut, ein Liedchen vor sich hinzusummen, wie sie das sonst wohl bei der Arbeit getan hatte? Warum grübelte sie überhaupt jetzt so viel, und warum ertappte sie sich zuweilen auf so seltsamen Gedanken? Warum hatte sie zuweilen das Gefühl, als müsse sie Wischtuch und Besen weit von sich werfen, die Tür aufreißen und hinausstürmen, um sich zu retten, zu retten!

Zu retten? – Wovor?

Als müsse sie mit weit ausgebreiteten Armen durch die Straßen gehen und sagen: »Hier bin ich, hier bin ich – kennt ihr mich denn eigentlich? War nicht einer da, der nach mir fragte? Der mir etwas zu sagen hatte?«

Und *wenn* sie dann einmal auf der Straße war, wenn sie am Sonntagnachmittag das Grab ihrer Eltern besucht hatte und nun »spazierenging«, dann wagte sie sich wieder nicht an die Welt heran. Planlos, ziellos schritt sie dann fürbaß, viel zu schnell, viel zu sehr in sich gekehrt, um am Gehen, am fröhlichen, befreienden Wechsel der Umgebungen Freude und Erquickung zu haben. Meistens schritt sie immer geradeaus, so lange, bis Ermüdung ihre Aufmerksamkeit wieder auf den Weg lenkte. Sie nahm sich vor, hierhin und dorthin zu gehen; aber auf halbem Wege kam ihr immer die Frage: Was soll ich da?

In den Tanzsaal gehen? Wo sie ganz allein unter all den Fröhlichen sitzen würde? Sollte sie sich da hinsetzen und sich anbieten: Wer will mich haben? Und wenn sie nun niemand haben wollte? Sie wurde rot bei dem Gedanken. Nein, an den Tanzsaal war gar nicht zu denken.

Und ihre Schüchternheit wuchs eher, als daß sie abnahm. Einmal zaghaft gewesen, macht feige für zehnmal. Da war ein Biergarten, darin saßen Leute an Tischen, plaudernd und der Musik zuhörend. Sollte sie hineingehen und sich auch ein Glas Bier geben lassen? Die Leute würden sie ansehen; sie würde auffallen. Und was sollte sie auch so allein dasitzen?

Aber da war ein Fruchtladen. Sollte sie sich einmal Kirschen kaufen?! Aber wo sollte sie sie essen? Auf der Straße? Das ging doch nicht! Also ließ sie's.

Vor dem Schaufenster einer Konditorei blieb sie stehen. Die ausgestelltem Torten und Bonbons lockten sie sehr; sie hatte etwas so Schönes noch nie gekostet. Zu dem eleganten Laden wie zu allem Glänzenden und Kostbaren stellte sie sich die abenteuerlichsten Preise vor. Die Damen, das wußte sie, pflegten in die Konditorei zu gehen. Daß auch sie da hineingehen könne, wäre ihr nie auch nur flüchtig in den Sinn gekommen.

»Guten Tag, Fräulein Schröder!« sprach plötzlich jemand dicht neben ihr, indem er tief den Hut zog.

»Guten Tag,« hatte sie mechanisch geantwortet. Sie sah auf und blickte in ein durchaus fremdes Gesicht,

»Sie irren sich wohl,« sagte sie befangen.

»O Pardon! Bitte tausendmal um Verzeihung. Wirklich ganz frappante Ähnlichkeit –« sprach der Höfliche mit frech und schlecht gespielter Verlegenheit. Es kam ihm nicht darauf an, eine Illusion zu erzeugen.

Sie machte eine Verbeugung, wie sie glaubte, daß man vor solch vornehmen Herren machen müsse, und ging weiter.

»Aber mein Fräulein, warum denn so eilig!« rief er hinter ihr. Ängstlich beschleunigte sie ihre Schritte.

»Herrjeses, sei'n Se man nich bange; ich fress' Se nich!« rief der Liebenswürdige, diesmal mit dem Tone der Herzenshöflichkeit.

Fast jedesmal war sie lange vor zehn Uhr wieder im Hause. Sie legte dann ihre Sonntagskleider ab, packte sie behutsam in ihren Schloßkorb, zog ein alltägliches Kleid an und setzte sich mit einer Näharbeit in die Küche, um nach den ersten zwanzig Stichen einzuschlafen. Stundenlang schlief sie am Küchentisch, den Kopf auf die Arme gelegt, bis sie, oft erst lange nach Mitternacht, fröstelnd erwachte und sich in ihre Kammer und ins Bett schlich.

Schließlich zog sie dem zweck- und freudelosen Umherirren die Küche noch vor, und so blieb sie auch an den meisten Ausgeh-Sonntagen zu Hause. Und doch war die Küche kaum ein sonderlich anheimelnder Ort. Sie war in ein ewiges Halbdunkel getaucht; das Fenster führte auf einen etwa zehn Schritt breiten und vielleicht doppelt so langen Hof, der rings von vier Stock hohen Mauern umgeben war, und Sonne und Mond schauten im ganzen Jahr nur auf wenige, flüchtige Augenblicke herein. Dieser Hof, eine Art von Luftschacht, hielt mit zäher Gewissenhaftigkeit alle Küchengerüche solange wie möglich fest und war außerdem ein ausgezeichnetes Kommunikationsrohr für alles Lachen und Schreien, Singen und Zanken, das ans den verschiedenen Stockwerken kam. In der sonntäglichen Stille schwieg meistens auch das, und Anna konnte dann ungestört beobachten, wie oben an der dritten Etage die Sonnenstrahlen mit dem rosafarbenen Blütenball einer Hortensie spielten oder wie der Regen sich in den Eimern und Waschbottichen auf dem Hofe ansammelte und wie er aus dem Ausflußrohr der Dachrinne rauschend hervorschoß, um durch den Sielrost in der Mitte des Hofes zu verschwinden. Da lag ein Stück Papier auf dem Rost, und das Wasser gab sich nun schon eine Viertelstunde lang die erdenklichste Mühe, es in die Tiefe mit hinabzureißen. Nun wurde das Blatt vom Wasser gehoben; dann kam ein Strahl, der es wieder platt auf den Rost drückte. Es mußte starkes Papier sein. Jetzt flatterte der eine Zipfel auf und ab, und jetzt – da – da war er losgerissen, und im Nu verschwand der Fetzen in die Tiefe. Aber die andere Hälfte hatte sich auf die Seite gerettet und lag nun außerhalb des Stromes. Ob das Stück nicht zuletzt auch noch mit hineingerissen würde? Sie wollte doch einmal sehen. Und sie starrte auf das Stück

Papier, so lange, bis sie ganz, ganz anderswo war mit ihren Gedanken, weit, weit weg, in ihrer Kindheit, in ihrer Schulzeit.

Dann stand sie auf und holte aus dem Schloßkorb, der mit dem Bette zusammen ihre Kammer nahezu ausfüllte und der all ihre Habseligkeiten enthielt, ihre Schulbücher. Mit unbegrenzter Sorgfalt und Pietät hütete sie diese Schätze aus einem glücklichen, geistigen Leben der Vergangenheit; ein befreiendes, stolzes Gefühl überkam sie, wenn sie mit zärtlicher Schonung die Blätter wendete. Sie packte die Bücher sorgsam zusammen und nahm sie mit in die Küche. Über ihre Handarbeit hinweg schaute sie hinein. Das war das abgegriffene Lesebuch mit seinen vielen traulichen Geschichten und Gedichten, die sie fast alle auswendig wußte, wenigstens gewußt *hatte*; ob sie jetzt noch –? Sie versuchte die »Kraniche des Ibykus« aus dem Gedächtnis herzusagen, leise für sich, mit dem gleichförmigen, etwas empfindsam singenden Tonfalle, wie ihn Mädchen sich gern aneignen; aber es ging nicht; immer wieder blieb sie stecken. Mit einer gewissen Angst hatte sie bisher festzuhalten gesucht, was ihr die Volksschule mitgegeben hatte; wie ein paar mit Schweiß und Sorgen erworbene Sparpfennige hatte sie ihr Wissen zusammengehalten, war sie es in freien Stunden nach ihren Heften und Büchern mit stiller Freude immer wieder durchgegangen. Aber jetzt hatte sie ihren kleinen Schatz lange nicht revidieren können, und er schrumpfte zusammen. Ihr war auch so dumpf im Kopf seit einiger Zeit! – Sieh da, die »Heinzelmännchen«. Das hatte sie immer so gern gehabt. Ach ja – – Heinzelmännchen! Und einen Augenblick wünschte sie ernsthaft – so ernsthaft, als wenn es wirklich etwas nützen könne, wünschte sie, daß es doch Heinzelmännchen geben möchte. Sie malte sich einen Augenblick aus, wie das sein möchte. Sie hatte noch ein wunschkräftiges Herz.

Und eine kindliche Freude hatte sie dann an ihren Zensuren. Mit Wohlbehagen ging sie sie durch: sie waren immer besser geworden. Überaus stolz war sie darauf, daß sie einmal so schön hatte schreiben können, wenn ihre Hände nun auch hart, rauh und steif geworden waren.

Da war ja auch das Rechenbuch. Nun mußte sie doch einmal sehen! – Sie blätterte mit dem Eifer eines ehrgeizigen Schulkindes: da war sie, die große, schwere Aufgabe – fast eine halbe Seite nahm sie ein – mit x und y und z; ihre Mitschülerinnen hatten sie immer angestaunt, daß sie *das* konnte! Und sie ging daran, die Aufgabe zu lösen.

Aber sie kam immer mit ihren Folgerungen nicht weit; die Positionen wirbelten ihr durcheinander; dann fing sie mit einer gewaltsamen Anstrengung wieder von vorn an; sie straffte verzweifelt die Stirnhaut und zog sie wieder zusammen; sie preßte die Finger gegen die Stirn, daß es schmerzte; endlich in einer Art wirrer Angst stellte sie die Zahlen aufs Geratewohl und ganz willkürlich zusammen, um vielleicht durch Zufall die Lösung zu finden – und dann lag der Bleistift auf dem Tisch; sie stützte die Stirn in die Hand, und durch die geschlossenen Lider fielen die Tränen schwer und reichlich auf das Papier. Sie war so dumm geworden, so dumm . . .

Endlich legte sie ihre Bücher wie abwesend wieder zusammen, trug sie bekümmerten Herzens in ihre Kammer, barg sie sorgsam wieder in ihrem Korb und machte sich an die Vorbereitung zum Abendessen.

Diese Vorbereitungen waren oft sehr umfassend; heute aber waren sie es ganz besonders. Schon an den allergewöhnlichsten Skatabenden pflegten die Sievers ganz unvergleichlich aufzutischen; heute war ihre Wirtsehre indessen noch besonders engagiert. Am Abend des vorhergehenden Tages war ein hochbegabter und sehr schätzenswerter Skatbruder von einer zwölftägigen Landwehrübung ins Leben heimgekehrt, in die Menschlichkeit. Wenn es überhaupt Anlässe zur Erhebung über die gleichförmige Alltäglichkeit gibt, so gehört zu ihnen gewiß die Heimkehr eines lang ersehnten Freundes. Mit dem Ersatzmann, der während der zwölf Tage den Krieger vertreten hatte, war es doch nichts gewesen, und nur zu oft hatte er den beiden anderen Anlaß zu Ausbrüchen gerechtesten Zornes gegeben. Der Ersatzmann gehörte zu den oberflächlichen Schwachköpfen, die nicht einmal von fünf bis zwölf ihr bißchen Aufmerksamkeit auf das Spiel konzentrieren können, und die es fertigbringen, den Gegner nur zum Schneider zu machen, wenn sie ihn schwarz machen können.

»Nanu?! Was machen Sie denn eigentlich! Warum gehn Sie denn nich mit Ihrem Jungen 'rein?«

»Ja, ich dachte –«

»Ach was, passen Sie doch auf!«

So bekam der Ersatzmann im Laufe eines Abends wiederholt die bestverdienten Rüffel, für die er dann am Schlusse höchstens acht bis zehn Mark zu erlegen hatte.

Aber jetzt war ja Herr Pinkpank wieder da, und das mußte gefeiert werden, und zwar tüchtig.

Also: Roher Schinken, gekochter Schinken, Rauchfleisch, Gänsebrust, Mettwurst, Zungenwurst, Leberwurst, Kalbsbraten, Roastbeef, Sardellen, Lachs, Kaviar, Anschovis – – na, und zwei Sorten Käse, das war ja selbstverständlich.

»Haben wir auch was vergessen?« fragte Herr Sievers sinnend.

Frau Sievers versank in dumpfes Brüten. Nach zehn Minuten tauchte sie wieder empor.

»Was meinst du, wenn wir noch 'ne tüchtige Portion Spiegeleier – «

»Na ja – natürlich! Eier haben wir ja noch nicht! Und dann 'n kleinen Pudding hinterher – und 'n tüchtigen, steifen Punsch – es wird sich schon machen.«

Plötzlich schien ihn ein Gedanke zu erschrecken.

»Du hast doch Bier bestellt?«

»Steht schon draußen,« sagte die zuverlässige Hausfrau.

Herr Sievers ging hinaus und zählte dreißig Flaschen. Nun ja, mit dem Punsch zusammen konnte das ganz gut reichen. Zur Not war noch ein netter Bommerlunder Schnaps da. Und höchlichst zufrieden mit dem entworfenen Programm, brannte er sich eine Zigarre an.

Indessen rief Frau Sievers das Mädchen herein, um ihm die nötigen Aufträge zu geben.

Und nun war also das Fest herangekommen. Herr Pinkpank strahlte im ganzen Umkreis seiner Persönlichkeit, er war unbeschreiblich glücklich, daß er nicht mehr auf den Wunsch eines Hauptmanns über Stoppelfelder zu laufen, steile Böschungen hinanzuklettern und sich zur besseren Deckung gegen die feindlichen

Platzpatronen auf den Bauch niederzuwerfen brauchte, und daß er von seinen 191 Pfund 187 ins Zivilverhältnis hinübergerettet hatte. War es denn ein Traum? Er stand nicht mehr unter den Kriegsartikeln, sondern saß vor einem Tische »von Segen gebogen«!

Bevor er zu essen begann, überblickte er wohl zwei Minuten lang die Fülle seiner Hoffnungen. Er mußte erst Ordnung in seine Anschauungen und Empfindungen bringen. Er entwerfe, so bemerkte er, einen Feldzugsplan. Die Begierde muß durch die Vernunft gezügelt werden. Dann griff er auf dem rechten Flügel an, um den Gegner, Schritt für Schritt an Boden gewinnend, langsam, aber sicher »aufzurollen« und zu vernichten.

»Langsam – und mit Gemütlichkeit: dann läßt sich viel wegsetzen!« Diese seine Devise pflegte er jedermann zu empfehlen.

In der Regel verliefen die Abende so, daß sie mit drei Stunden Skat begannen, mit einer Stunde Essen fortsetzten und mit drei Stunden Skat schlossen. Diese heilige Symmetrie sollte aber heute vollkommen aufgehoben werden. Als die aggressive Begeisterung der Speisenden am Verlöschen war und nur noch an ein paar Käsestücken ein letztes, aufflackerndes Leben entfachte, erschien Anna mit einer ungeheuren Punschbowle in der Tür, und gleichzeitig gab sich Herr Sievers einen Schwung, daß er auf den Beinen stand.

Die Skatgäste blickten mit freudiger, aber sprachloser Spannung bald auf Herrn Sievers, bald auf seine Gattin.

»Gestatten Sie, meine Herrschaften,« sagte der freundliche Wirt, »daß ich zu dieser Bowle ein paar Worte der Erklärung hinzufüge. Ich glaube im Sinne aller zu handeln, wenn ich unserm Vaterlandsverteidiger gratuliere, daß er so tapfer für uns gefochten hat, und spreche ich die Hoffnung aus, daß er noch recht oft mit uns einen Skat macht. Er lebe hoch!«

»Hoch – hoch!« Man erhob sich mit begeisterter Kraftanstrengung; aber sehr bald zog das Gewicht des Irdischen, das jeden Aufflug lähmt, die respektiven Begeisterungen wieder auf die Stuhlpolster zurück.

Herr Pinkpank war ein Gemütsmensch. Wenn er viel und gut gegessen hatte, dann brauchte nur jemand das Wort »Rührung« auszusprechen, und ihm rannen schon die Tränen über die Wangen.

Einer Erschütterung, wie er sie soeben empfangen, war er kaum gewachsen. Es war fast, als sollte er ganz aus dem Leim gehen.

»Ne – hör mal – mein lieber Sievers – daß du das – daß du mir das – daß du so an mich gedacht hast – das – ne, weißt du – das hat mich – ne wirklich – das hat mich zu doll gefreut – weißt du – ich – – – prost!!«

Da er durchaus nicht weiter konnte, hatte er mit einem kühnen Entschluß zu diesem immer erlösenden Wort seine Zuflucht genommen und sein Glas so kräftig gegen das des Wirtes gestoßen, daß fast der ganze Inhalt über dessen Ärmel floß.

»O«, machte Frau Sievers.

»Ach was, das schad't nix!« bemerkte Herr Pinkpank in einer großen Wallung, »aber weißt du – daß du das – das –«

Er setzte sich plötzlich, starrte vor sich hin, verharrte zehn Minuten lang in diesem Zustande und schlug dann an sein Glas. Und dann folgte noch manches gute Wort und manches gute Glas; je mehr aber der Gläser wurden, desto mehr beschränkten sich die Worte auf eine herzliche Zwiesprache zwischen Pinkpank und Sievers.

»Ne, weißt du, Sievers – daß du mir – daß du mir so'n Empfang, weißt du – bereitet hast – das –«

»Nu ja –« begann Herr Sievers.

»Ne, erlaube mal – siehst du – daß mein alter Freund, stehst du – das bist du ja doch noch, hä? – Na ja, also – siehst du – daß du mir so'ne feine Rede gehalten hast – verstehst du –«

»Na das –« hub Herr Sievers an.

»Ne, erlaube mal – laß mich doch mal aussprechen, siehst du – daß du mir so'n freundschaftlichen Empfang – jawoll – so'n freundschaftlichen Empfang, siehst du – daß du mir den bereitet hast – das vergeß ich dir nie – weißt du –«

»Na ja, denn woll'n wir noch mal trinken!«

»Ne, das vergeß ich dir nie!«

»Ja, aber deshalb könn'n wir doch noch mal trinken!«

»Jawoll – das könn'n wir – aber das vergeß ich dir nie!«

Und Herr Pinkpank versicherte das schließlich mit einem Fanatismus, als wolle er es Herrn Sievers nie vergessen, daß er ihm seine beiden Eltern ermordet habe.

Herr Thamsen, der dritte Triumvir, war inzwischen – ganz nach der Theorie des Pförtners im »Macbeth« – in das Stadium der Frauenverehrung getreten. Er hatte den deutsch-französischen Krieg mitgemacht und pries in weniger abwechslungsvollen als inbrünstigen Beteuerungen Frau Sievers gegenüber die aufopfernde Liebestätigkeit der deutschen Frauen zur Zeit dieses Krieges.

»Die d–eutschen Frrr–aun, Frau Sievers, das will ich Ihnen sagen, was die siebzigeinundsiebzig getan haben, das läßt sich – beschreiben läßt sich das gar nicht.«

Eine Beschreibung unterließ er denn auch.

Frau Sievers bemerkte, das könne sie sich wohl denken.

»Ja, die d–eutschen Frrr–aun, die haben siebzigeinundsiebzig ebensoviel, ja vielleicht noch mehr geleistet als die Männer, ja.«

»Das glaub' ich wohl,« bemerkte Frau Sievers.

»Und darum sag' ich immer: eine echte d–eutsche Jjungfrau« – hier umspannte er zärtlich den voluminösen Arm der Frau Sievers – »das ist das *Ideal!* Die d–eutschen Frrr–aun und Jjungfraun – *die* soll'n leben!«

Und als die Gläser zusammentrafen, begann Herr Pinkpank, der die letzten Worte aufgefangen hatte, weit in den Sessel zurückgelehnt und mit merkwürdig angstvollem Tenor, ein sehr empfindungsvolles Lied von der Liebe zu singen. Herr Thamsen eilte ans Klavier, um die Begleitung zu suchen, und durch ein eigentümliches Zusammentreffen fand er sie gerade, als der Sänger, wie verröchelnd, die letzte Zeile sang. Eben erschien Anna mit einer zweiten Bowle in der Tür, als Herr Pinkpank, dessen Haupt nunmehr ganz zurückgesunken war, mit Tränen der Rührung die Zimmerdecke betrachtete und dahinschmolz in die tremolierenden Worte:

»Nur einmal blüht – im Jahr der Mai –
Nur einmal im Leben – die Liebe.«

Der gute Herr Pinkpank hatte keine Ahnung davon, welche Wirkung er erzielt, wie tief sein Gesang in die Seele des Mädchens gegriffen hatte, das soeben lautlos hinter sich die Tür schloß.

»Nur einmal blüht im Jahr der Mai –«

Anna mußte sich gegen die Wand des Korridors lehnen, eine Art Schwindelgefühl hatte sie ergriffen. Ein unbeschreibliches Angstgefühl bemächtigte sich ihrer vollständig. Es war ihr, als flösse unaufhaltsam etwas an ihr vorüber – etwas unsäglich Kostbares und Schönes – »nur einmal« – »nur einmal« hörte sie immerwährend – sie mußte es festhalten – festhalten, was da vorüberflutete, immer noch – immer noch – ohne Aufhören – etwas *Unwiederbringliches!*

Etwas, was *nie, nie* wiederkam –

Sie begriff immer noch nicht, daß es das Leben war, was da an ihr vorbeifloß. Ihr eigenes Leben.

Sie wiederholte sich die Worte:

»Nur einmal blüht im Jahr der Mai,
Nur einmal im Leben die Liebe.«

Und nun plötzlich durchdrang sie bis ins Innerste des Herzens ein ungeheurer, süßer Schmerz, eine grenzenlose Sehnsucht. Eine warme Flut quoll auf in ihrem Innern, als wollte sie die Wände ihres Körpers sprengen, als wäre da drinnen eine mächtige Ader gesprungen, und durch ihre ganze Brust ergösse sich warmes, warmes Blut. Ohne Unterbrechung wiederholte sie wohl hundertmal die Worte des Liedes, und sie wurden ihr nicht fade; im Gegenteil, bei jeder Wiederholung wurden ihr Schmerz und ihr Entzücken größer; sie grub mit diesen Worten immer tiefer in ihr Herz hinein, und immer neue, selig erwärmende Ströme Blutes schossen hervor.

Sie saß noch starr und versunken am Küchentisch, als die Gäste aufbrachen. Erschrocken sprang sie auf, ging in das Zimmer, wo das Gelage stattgefunden hatte, entfernte dessen Spuren und begab sich dann zur Ruhe. –

Wenige Tage darauf brachte ihr der Zufall das Ereignis ihres Lebens. Bei dem Krämer drüben war ein neuer Kommis eingetreten. Die früheren Kommis hatten im ganzen ein unerhörtes Quantum »Witze« produziert. Das gehörte zum Geschäft, die Kunden – wenigstens die Mehrzahl der Kunden – wünschten es so, die Minorität wurde eben vergewaltigt. Zu jeder Tüte konnte man billigerweise einen Witz verlangen. Sie waren nicht immer ganz zart, diese Witze; aber selten waren sie gut. Besonders gegen die Dienstmädchen glaubten sich die Gehilfen hin und wieder eine Extraqualität, eine stärkere Sorte erlauben zu dürfen. Die Dienstmädchen gelten nicht als Vollweiber; die zarten Rücksichten gegen das weibliche Geschlecht beschränken sich doch vernünftigerweise auf die Damen. Bei solchen Armen und solchen Fäusten kann man nicht gut mehr vom »zarten Geschlecht« reden.

Anna hatte die Erheiterungsversuche der Gehilfen stets mit einer durchaus nicht sauertöpfischen, aber außerordentlich kühlen und unerschütterlichen Reserve pariert. Wie alle durch Temperament und Erfahrung ernst gestimmten Leute hatte sie einen tiefen Widerwillen gegen alles Läppische und Alberne. Aber das hatte die Kommis nicht abgehalten, sich immer von neuem in ihrer ganzen Breite zu entfalten: der Herr Prinzipal forderte die Witze gleichsam als einen Teil der Arbeitsleistung. Er hielt sich für einen Geschäftsmann; trotzdem wußte er nicht, daß ihm die große Gabe, seine Kunden nach ihrer Individualität zu behandeln, versagt war.

Dieses Talent besaß aber in hohem Grade Herr Gustav Schneider, der neue Kommis. Herr Schneider war ein hübscher Kerl mit wasserhellen, klugen, herausfordernden Augen und einem schönen hellblonden Schnurrbart, der in weichen Linien über die Mundwinkel fiel.

»Gnädiges Fräulein? Womit kann ich dienen?« fragte er mit gespreizter Geschäftigkeit.

»Ein Pfund Hutzucker, bitte.« Sie errötete, als sie ihm in die Augen sah.

»Von dem süßen oder von dem sauern?« fragte Herr Schneider, indem er eine Tüte abriß und Anna mit seinem triumphierendsten Lächeln anblickte.

Anna blickte schweigend zum Fenster hinaus; aber sie war noch tiefer errötet. Zweierlei hatte Herr Schneider sofort heraus: erstens, daß dieses Mädchen weit hübscher sei, als es ihm anfangs geschienen hatte, und zweitens, daß sie für »Witze« nicht eingenommen war. Danach hatte er denn auch binnen einer Sekunde sein Benehmen modifiziert. Er gab ihr, was sie wünschte, ohne überflüssige Bemerkungen, packte es ihr zuvorkommend, aber ohne Aufdringlichkeit in den Handkorb und sagte zum Abschied mit höflich ernster Verbeugung: »Adieu, Fräulein. Besuchen Sie uns recht bald wieder.« Dabei fiel ihm auf, daß sie von schlanker Gestalt war, sich vorzüglich hielt und außerordentlich reiches Haar hatte – vorausgesetzt, daß es echt war. Er hatte in diesem Punkte seine Erfahrungen.

In der Regel wurden die Krämerwaren ins Haus geliefert, und nur, wenn man etwas zu bestellen vergessen hatte, oder bei unvorhergesehenem Bedürfnis, ging Anna in den Laden hinüber. Am folgenden Tage, als der Lehrling vorfragte, hatte sie einen Augenblick die Absicht, etwas zu »vergessen«, damit sie nachher hinübergehen könne. Aber sie fühlte, daß in einem solchen Verfahren etwas Unwahrhaftiges liege, und das widerstrebte ihr. Auch schien es ihr, der neue Kommis müsse merken, daß sie nur komme, um – –

Über und über rot, bestellte sie hastig alles, was nötig war. Dann, als der Lehrling fort war, bereute sie, daß sie nicht doch den kleinen Kniff angewandt habe. Morgen wollte sie es doch einmal damit versuchen.

Aber – was wollte sie denn eigentlich? Wohin drängte denn eigentlich ihr Herz? Sie schämte sich ihrer Empfindung, ihres Interesses; ihr jungfräulicher Stolz lehnte sich dagegen auf; sie schalt sich heftig, daß sie überhaupt an diesen wildfremden, einfältigen Menschen dachte.

Plötzlich empfand sie einen freudigen Schreck: sie hatte *doch* etwas vergessen! Und noch dazu etwas, was sie sofort gebrauchen mußte! Und sie eilte zur Tür hinaus und über die Straße, damit nur nicht der Lehrling inzwischen zurückkomme und ihr etwa die Bestellung abnehme.

Aber diesmal war er nicht im Laden gewesen; sie kam langsam und sehr niedergeschlagen zurück. Den ganzen Tag über blieb sie so traurig und mißmutig, als wäre für ihr ganzes Leben alles Licht erloschen.

Aber dann am folgenden Tage war er wieder da, und als sie ihn sah, stand ihr Herz einen Augenblick still, um dann plötzlich sehr heftig zu pochen. Sie hörte noch, wie er vor einer anderen Käuferin ein wahres Gratis-Brillant-Prachtfeuerwerk von Witzen verpuffte, bevor er sich respektvoll und gemessen zu ihr wandte. Sie hegte keinen Zweifel, daß er sie achtete, daß er Rücksicht auf sie nahm – wie lange hatte sie das nicht erfahren! Und darum tat es ihr so unendlich wohl; wie ein schmeichlerisch warmer Tauwind schwoll es in ihr auf, um alle Starrheit zu lösen; sie mußte an sich halten; denn sie fühlte, daß ihr die Augen heiß und feucht wurden. Wem hatte sie bisher so viel gegolten, daß er Rücksicht auf sie nähme? Keinem. So hoch hatte sich Sehnsucht, Freude, Schmerz, kurz: alles menschliche Gefühl in ihr hinter den Schranken, die es einengten, aufgestaut, daß *ein* warmes, menschliches Wort diese Schranken *auf einmal* durchbrechen und dem wild überströmenden Gefühl einen Weg in die Freiheit geben mußte. Es ist oft genug nicht ohne Grund, wenn bei scheinbar kleinlichem Anlaß ein Gefühl aus uns hervorbricht, das andern überschwenglich erscheint. Sie konnte nicht umhin, beim Verlassen des Ladens den Gruß des Herrn Schneider mit einem freundlichen Lächeln zu erwidern.

Mit schnellen, starken Schritten ging sie über die Straße. Sie fühlte sich wunderbar gehoben. Jahre hindurch hatte sie nicht so viel Lebensmut besessen.

Sie war froh, daß sie nun gleich auf den Boden mußte, um die Wäsche aufzuhängen. Auf dem Trockenboden war sie so recht allein, ganz allein, wie von aller Welt abgeschnitten. Sie packte sich einen Korb hoch voll Wäschestücke und schleppte ihn die vier Stockwerke hinauf.

Hier oben war es gut sein. Es war, als ob man sich hier frei fühlen dürfe, ganz frei. Ja – hier hätte man dreist einmal einen lauten Schrei ausstoßen dürfen; es hätte ihn niemand gehört. Als sie ihren Wäschekorb niedergesetzt hatte, breitete sie unwillkürlich beide Arme aus; sie überlegte, ob sie einmal schreien solle – aber sie ließ es doch lieber sein. Sie wagte es nicht. Wenn dann jemand käme –? Freilich, wenn ihr jemand etwas sagen wollte – da war ja das Fenster: man brauchte nur hinauszuspringen. Dann war alles abgeschnitten. Mit einem Sprung konnte man alles abschneiden. Seltsam; hier oben dachte sie bei den geringfügigsten Anlässen an diesen Sprung aus dem Fenster, und sie dachte daran wie an etwas Gewöhnliches, Unerhebliches.

Das Fenster war nahe dem Fußboden eingelassen; sie kniete davor hin und lehnte den Kopf gegen den Pfosten. Das Haus lag an der Peripherie der Stadt, und der Blick ging von diesem Boden aus ungehindert über weite Felder und Wiesen. Die Welt war doch wirklich sehr schön. Soweit das Auge reichte, grüne, gelbe, braune, weiße Vierecke, von Büschen umgrenzt, und hier und da aus den Äckern stille Menschen bei friedlicher Arbeit. Auf einem Kartoffelacker war ein altes Paar beschäftigt. Der Mann hob mit regelmäßigen Spatenstichen die Stauden heraus; das Weib hockte daneben, pflückte die Knollen ab und warf sie in einen Sack. Jetzt richtet der Alte sich auf; er beschattet mit der Hand die Augen vor der blendenden Sonnenhelle und zeigt nach dem Rande des Ackers. Nun hebt auch das Weib den Kopf, um nach der bezeichneten Richtung zu blicken. Da treiben zwei Kinder mit einem dunklen Gegenstand – es scheint ein großer alter Kessel zu sein – ihr Spiel; sie schleudern ihn hoch in die Luft und weit fort, um dann hinterdreinzuspringen, nicht ohne auf dem Wege ein paar Purzelbäume zu schießen. Der Alte hebt im Scherz drohend den Spaten; er scheint ihnen etwas zuzurufen; aber hier oben hört man nichts. Nur ein leises, verworrenes Gebrause dringt von der Stadt herüber.

Im graublauen Dunste droben stehen stille, weiße, feste Wolken. Die Kühe auf den Wiesen haben den Schatten der Büsche aufgesucht; rastlos bewegen sich die Schweife, um die Fliegen abzuwehren, und nur selten hebt eine den Kopf, um ein kurzes Gebrüll auszustoßen. An einer entfernten Hecke werden plötzlich einige unruhige, blitzende Punkte bemerkbar, und jetzt erst kommen Anna die Klänge zum Bewußtsein, die schon lange von dort herübertönen. Es sind Soldaten: Spielleute und Hornisten, die Signale üben. Ein wunderliches Durcheinander von Trommeln, Pfeifen und Hörnern, das sich bald zu einem vielstimmigen und vieltönigen Lärm erhebt, bald wieder in ein paar einsame, stammelnde, stümpernde Töne abbricht. Es sind ihr liebe, friedliche Töne; sie erinnern sie an lange, sanft dahinfließende Sommertage ihrer Kindheit, da sie mit dem kleinen Bruder, der dann später gestorben ist, auf die Wiese zu den »Sadaten« ging. Da hatten sie oft stundenlang im Grase gelegen an solchen sonnigen Tagen wie heute und den blasenden und trommelnden Soldaten mit den schönen blanken Knöpfen zugeschaut und zugehört. Und die schönen, blanken, goldgelben Trompeten! Sie hatte immer auf die große runde Schallöffnung geschaut, als müßte man doch einmal sehen, wie die herrlichen, hellen Klänge da herauskamen. Wenn sie doch auch einmal darauf blasen dürfte!

Manchmal freilich hatte sie sich auch unsäglich gelangweilt, wenn sie so unaufhörlich an den kleinen Bruder gefesselt war. Sie war sechs Jahre älter und hatte keinen Sinn mehr für ein einfaches, einfältiges Spiel. Dann wäre sie oft so gern davongesprungen, immer weiter, immer weiter, über Wiesen und Gräben und Zäune, um nur zu tun, was sie wollte, was ihr gefiel, *gar nicht*, was der kleine dumme Bruder wollte – –.

Aber sie mußte ja bei ihm bleiben und mit ihm spielen.

Und dann war es ihr gewesen wie –

Gerade so wie jetzt! – – – Sie war plötzlich aufgestanden – mit einem Ruck – und hatte wieder, sich reckend, die Arme ausgebreitet. Es lag ihr wie ein eiserner Reif um die Brust. Da fiel ihr mit einem Male der neue Kommis von drüben ein. Und dann sah sie wieder die beiden Alten auf dem Kartoffelfelde emsig und still bei der Arbeit. Und dann legte sich über sie eine große, hoffnungsselige Geduld; sie preßte die Hände ineinander zu dem festen, ruhigen Entschluß, auszuharren, zu warten – auf etwas, was so war, wie das da draußen, so hell – und so warm. Sie wußte nicht, warum sie aushalten wollte – sie wußte gar nichts – ihre Gedanken verschwammen in ein dunkles, wirbelndes, wortloses Gefühl.

Wie heiß die Sonne hier unter dem Dache brannte – eine Bruthitze. Sie fühlte, wie ihr der Schweiß von der Stirn perlte. Sie rührte die hölzernen Dachsparren an: glühend heiß!

Und – da stand der Wäschekorb.

Nun, das mußte man sagen: sie hatte gerade noch Zeit, zum Fenster hinauszugaffen! Wie sie heute fertig werden sollte, das konnte sie mit allen Künsten und Kniffen nicht zurechtrechnen! Ohnehin hatte es ihr in den letzten Tagen nicht recht von der Hand gehen wollen; abends um zehn war sie noch nicht mit ihrer Küche fertig gewesen!

Als sie am nächsten Sonntag ausging, um das Grab ihrer Eltern zu besuchen, trat sie erst noch in den Krämerladen, um sich für den weiten Weg in der Hitze ein paar »stärkende« Pfeffermünzplättchen zu holen. Herr Schneider stand ganz allein hinter dem Ladentisch und machte große Augen, wie er das Dienstmädchen plötzlich als »Dame« vor sich stehen sah. Sie sah wirklich bei aller Einfachheit ganz ladylike aus, noch hübscher als sonst, während Dienstmädchen sich in der Regel in ihrem ungewohnten Sonntagsstaat gedrückt und unvorteilhaft ausnehmen.

»Das glaube ich, Fräulein, Sie können lachen!« meinte Herr Schneider. »Andere Leute müssen bei dem schönen Wetter zu Hause sitzen.«

»Warum gehen Sie denn nicht auch aus?« fragte Anna mit niedergeschlagenen Augen. Es war das erstemal, daß sie ein Gespräch mit ihm führte. Sie wußte es ja sehr gut: er hatte eben nicht seinen freien Sonntag; aber man mußte doch irgend etwas sagen.

»Darf ich denn?« erwiderte Herr Schneider verzweifelt. »Ich muß ja einhüten! Nicht mal Sonntags hat man seine Freiheit. Aber jetzt kriegen wir hoffentlich bald die Sonntagsruhe.«

Er schob Anna für zehn Pfennige ein ganz unverantwortliches Quantum von Pfeffermünzbonbons zu.

Sie hatte ihr Portemonnaie gezogen und dabei das zusammenge-
faltete Taschentuch auf den Ladentisch gelegt.

»Erlauben Sie?«sagte Herr Schneider, nahm das Taschentuch,
holte eine mächtige Flasche aus einem Regal und goß von dem Inhalt reichlich, sehr reichlich in das Tuch.

»Das ist etwas sehr Feines,« bemerkte er erklärend, »echte Eau de
Cologne, sehen Sie hier; von Jean Maria Farina. Das ist viel feiner als
Eßbukett und Moschus und wer weiß was sonst noch. Riechen Sie
mal!«

Jedenfalls war es sehr kräftig; denn Anna zuckte fast zurück vor
der Gewalt dieses Parfüms. Aber sie war sehr glücklich und stolz.
Parfüm hatte sie noch nie an sich gehabt. Das war ihr an den Damen
immer so vornehm erschienen. Sie dankte ihm in herzlichen. Tone.
Er beeilte sich, sie durch seine Unterhaltung noch ein wenig festzuhalten.

»Na – wohin soll es denn gehn, Fräulein; 'n bißchen zum Tanz?«
fragte er.

»Nein – ich will nach Ohlsdorf,« sagte sie zögernd.

»Ah – – haben Sie da einen Verwandten liegen?«

»Meine Eltern.«

»Sooo! – Also Sie haben keine Eltern mehr!«

»Nein.«

»Haben Sie denn noch Geschwister?«

»Einen Bruder – in Amerika.«

»Fühlen Sie sich denn nicht mitunter recht einsam?«

Sie wandte sich ab und ließ ihren Blick über die vielen Schubla-
den an der Wand gleiten. »Ach nein.« sagte sie dann schnell. Sie
machte Miene, zu gehen. »Ja,« bemerkte er eilfertig, »meine Eltern
sind auch schon beide tot. Ich bin nämlich ans Wittenberge, da hatte
mein Vater selbst 'n Geschäft.«

Und nun erzählte er umständlich, daß er aus einer sehr achtbaren
Familie sei, daß er eigentlich gar nicht nötig habe, Kommis zu spielen; aber er müsse doch mal die Welt kennen lernen; nächstens

werde er sich aber wohl selbst etablieren, wahrscheinlich in dieser selbigen Straße. Er habe schon etwas im Auge. Seinem Prinzipal werde die Konkurrenz freilich nicht angenehm sein; aber jeder sei doch schließlich sich selbst der Nächste.

Er hatte Anna schon längst zum Sitzen eingeladen, und sie hörte glücklich und fröhlich zu.

So wohl war es ihr lange nicht geworden. Sie hatte jemand, mit dem sie nach Herzenslust plaudern konnte, der ihr mit Interesse zuhörte, sich um ihre Angelegenheiten kümmerte!

In der Tat verwandte er keinen Blick von ihr, als sie nun sprach. Von den Eltern und vom Elternhause erwähnte sie nichts. Sie erzählte von ihren Diensterfahrungen. Ohne Gehässigkeit, ohne sich in Klatsch zu verlieren. Sehr viel erzählte sie von dem kleinen Erwin, was für ein reizendes Kind das gewesen sei, was für possierliche Sachen er getrieben habe. Und auch von dem boshaften Nebenmädchen beim Konsul erzählte sie. Sie litt noch heute in der Erinnerung unter der Niedertracht jener Person. Sie biß sich auf die Unterlippe und fuhr hastig mit dem Taschentuch über die Augen.

Er fragte sie, wie sie es denn hier bei den Sievers habe.

»O – ganz gut,« sagte sie.

»Viel zu arbeiten haben Sie da wohl nicht – bei den zwei Leuten.«

»Ach – doch – ziemlich viel,« sagte sie langsam. »Aber sie sind ganz nett – sie lassen mich ruhig arbeiten.«

»Aber Sie sind ja immer – so furchtbar ernst, Fräulein!« sagte er, in seinem Gesicht ihren Ernst mit einer gewissen Dreistigkeit parodierend. »Sie müssen sich aufheitern – mal tanzen – mal in 'n Zirkus gehen – oder ins Theater –«

Sie sah ihn nachdenklich an. »Das mag ich nicht,« sagte sie dann vor sich hin. »Das hab' ich noch nie versucht. Ja – wenn ich mal mit einer Freundin zusammen hingehen könnte –«

»Gehen Sie doch mit mir hin!«

Da mußte sie laut herauslachen. Sie hätte nicht sagen können, warum sie lache; aber sie lachte in einem fort wie ein albernes Backfischchen von fünfzehn Jahren. Lachend hatte sie sich der Tür genähert und die Klinke ergriffen.

»Nu ja – finden Sie das so komisch? Wann haben Sie Ihren nächsten freien Sonntag?«

»Heute über drei Wochen.«

»Donnerwetter, das paßt ja großartig! Dann macht der Klub ›Terpsichore‹ einen Ausflug nach Wedel! Wenn Sie mir die Ehre erweisen wollen« – er sprach plötzlich wieder ernsthaft und etwas unsicher – »ich würde Sie mit dem größten Vergnügen – wenn ich Sie einladen darf – ich habe sowieso noch keine Dame –«

Jetzt wurde sie abwechselnd rot und blaß. Sie blickte unausgesetzt auf den Boden. »Ach nein – danke!« brachte sie in größter Verlegenheit hervor – »ich weiß auch noch gar nicht, ob ich frei bin – das ist so unbestimmt – das geht wohl nicht. Ich danke sehr. Adieu!«

Und im Nu war sie draußen.

Am Grabe ihrer Eltern kam es plötzlich über sie, daß sie bitterlich weinen mußte. Aber ihr war so wohl, so frei, so glücklich dabei. Und trotzdem flossen die Tränen immer von neuem. Am Abend war sie fest entschlossen, die Einladung des Herrn Schneider, wenn er sie wiederhole, anzunehmen.

Als sie nach etwa acht Tagen den Kommis wieder allein im Laden traf, nahm er schnell die Gelegenheit wahr.

»Sie kennen doch Fräulein Klara Wichmann, nicht wahr?«

Anna mußte sich einen Augenblick besinnen.

»Sie sagt, daß sie mit Ihnen in der Schule auf derselben Bank gesessen hat –«

»O ja, die kenn' ich.«

»Also; Fräulein Wichmann und ihr Bruder machen die Tour nach Wedel mit und laden Sie hiermit ein, doch auch mitzukommen. Sie möchten sich ihnen anschließen. Na – *jetzt* können Sie doch mitgehen!«

»Ja, ich gehe mit,« sagte Anna.

»Na, *das* nenn' ich mal vernünftig gesprochen. Bravo! Passen Sie mal auf, es wird großartig! Da woll'n wir mal ordentlich das Tanzbein schwingen, das soll'n Sie mal sehn!«

Anna lächelte, obwohl dieser Ton eigentlich nicht in ihre Musik paßte. Ja, eine Musik tönte unaufhörlich in ihrem Innern, eine helle, fröhliche Musik, zu der sich die ganze Welt im Tanze drehte. Ihre Gedanken waren *ein* Singen und Klingen geworden. Eine unbändige Lust zu tanzen wandelte sie oft mitten in der Arbeit an; ruhig dahinzugehen, paßte ihr nicht zu dieser schönen, freundlichen, wirbelnden Welt. Das Vergnügen, das ihr bevorstand, erschien ihr wie etwas Feierliches, Heiliges; sie sollte eingeweiht werden in etwas Großes, Unbekanntes, aber gewiß Herrliches.

Die vierzehn Tage gingen wie in einem Taumel dahin. Jeder Tag brachte ja eine neue Freude. Heute ging sie hin, den Stoff zu einem neuen hellen Sommerkleide zu kaufen, morgen kam die Schneiderin zum Maßnehmen, übermorgen kam die Putzmacherin, die den Hut etwas auffrischen sollte, dann kam wieder die Schneiderin zur Anprobe, dann kaufte sie an der Tür ein Stück Band zu einer Schleife, und so ging es fast alle Tage herrlich und in Freuden. Und über all diesen Freuden schwebte warm und leuchtend die *eine*, daß sie mit Herrn Schneider ausgehen und mit ihm tanzen sollte.

Am Tage vor dem Ausflug war sie auf einen Augenblick in ihre Kammer geschlüpft, um die ganze, fertige Sommersonntagspracht einmal recht mit Entzücken zu betrachten und liebkosend zu betasten. Da hörte sie Frau Sievers rufen. Schnellfüßig und vergnügt kam sie herbeigesprungen.

»Wir kriegen morgen Besuch zu Tisch, Anna; Sie können morgen nicht ausgehen.«

»Morgen –?« wiederholte Anna mechanisch. Sie konnte nicht mehr herausbringen. Das Herz blieb ihr stehen.

»Ja, es tut mir leid; aber das läßt sich ja nicht ändern. Sie können ja 'n andermal dafür ausgehen. Sie müssen heute abend noch zum Schlachter gehen und bestellen, damit wir morgen ordentliches Fleisch kriegen. Vergessen Sie ja nicht!«

Damit war die Angelegenheit erledigt. Anna hatte für den ganzen Sonntagnachmittag Urlaub erbeten und auch nach einigen Einwendungen zugesichert erhalten; aber schließlich konnte man doch den Besuch, den Herr Sievers in so fideler Kneiplaune eingeladen hatte, nicht abbestellen, weil das Dienstmädchen ausgehen wollte.

Das erste Gefühl, das sich Annas bemächtigte, war fassungsloses Staunen. Sie hatte noch gar nicht ganz erfaßt, was Frau Sievers gesagt hatte. – – Es war ihr doch *versprochen* worden! – Aber das sagte ja nichts! – Sie wußte doch schon, daß man über ihre freie Zeit vollkommen frei verfügte! Es war doch schon immer so gewesen! Früher hatte es ihr nichts ausgemacht; dieser Sonntag oder ein anderer – das war ja gleich. Aber jetzt – morgen –?

Da faßte sie eine heiße, leidenschaftliche Wut; zum ersten Male, solange sie bei den Sievers diente, packte sie Zorn, Wut, ein Trotz- und Rachegefühl! Sie ballte die Fäuste, daß die Nägel sich ins Fleisch gruben.

Als sie dann sah, daß sie ohnmächtig sei, daß das für morgen nichts helfe, als sie an den Ausflug dachte und ihr Kleid, ihren Hut liegen sah, da warf sie sich über ihr Bett und weinte so ungestüm, daß sie am ganzen Leibe erbebte.

Die Nacht brachte sie damit zu, daß sie weinte oder, mit großen, trockenen Augen ins Leere starrend, ingrimmig in den Überzug der Bettdecke biß. Erst gegen Morgen schlief sie ein. – – –

Am Montag darauf hatte sie ihren Groll und ihren Kummer verwunden; sie hatte Übung darin, sich Wünsche zu versagen und sich in das Unvermeidliche zu schicken. Und am nächsten Sonntag ging sie mit Herrn Schneider – er hatte sich auch für diesen Sonntag freimachen können – mit Herrn und Fräulein Wichmann und noch einigen jungen Leuten die Elbchaussee hinunter nach Flottbeck und Nienstedten. Anfangs sprach sie fast gar nicht; sie konnte nicht sprechen vor innerer Bewegung und hatte die Empfindung, sobald sie ein Wort spreche, müsse ihr ganzes Gefühl hervorbrechen. Ihr war wie dem Gefangenen, der nach langer Kerkerhaft die blendende Freiheit wieder begrüßt und dem das Weinen näher ist als das Lachen. Die Gesellschaft suchte sie aufzurütteln, Schneider stieß mit ihr an und forderte sie auf, tüchtig zu trinken; sie lächelte freundlich, nippte an ihrem Glase und blickte wieder nach dem jenseitigen Ufer. Auf den stillen Werdern drüben, wo ein mildes, rötliches Abendlicht auf den weißen Mauern der Häuser und auf den langsam bewegten Windmühlen lag, ergingen sich ihre glücklichen Gedanken.

Um so lauter war Herr Schneider. Er erzählte unglaubliche Dinge von seinen Leistungen als Radfahrer und warf mit Sportausdrücken um sich, daß den andern schwindlig wurde. Als er sah, daß das nicht allzu sehr interessierte, ging er zu Witzen und Anekdoten über. Seine Scherze und Schnurren waren nicht immer schlecht; dabei besaß er eine große Gewandtheit im Erzählen und begleitete seine Erzählungen mit so drolligen Gesten und Mienen, sächselte, schwäbelte, berlinerte und mauschelte so echt, daß er alle und schließlich auch Anna zum herzlichen Lachen brachte. Dann schlug er einen Skat im Freien vor; aber man entschied sich, nun endlich nach Groths Salon zurückzugehen und zu tanzen. Den Weg dahin gingen die Damen und Herren gesondert. Die Herren meinten, Fräulein Menzel sei sehr still.

»Ja, trudjig[1] ist sie«, bemerkte Herr Schneider mit einigem Ärger. »Aber was soll man sagen – Dienstmädchen! Küchenfee! Wird sich wohl noch ändern. Ich werde sie mal in Behandlung nehmen.«

»Du hast wohl Absichten, he?«

»Ne du, das weniger. Aber zum Poussieren ist sie doch ganz nett, was?«

»O ja, ganz schmuckes Mädel.«

Die Damen unterhielten sich zunächst über ihre Kleider und machten sich dann in harmloser Weise über die vor ihnen gehenden Herren lustig. Besonders gab die Eleganz, die Gewandtheit und Lebhaftigkeit des Herrn Schneider zu vielen Bemerkungen Anlaß, die immer zur Hälfte in Kichern untergingen. Aber es war nicht jenes Lachen, das den Männern verderblich wird; man verbarg hinter diesem Kichern die unverkennbare Tatsache, daß der Kommis als der Schneidigste den größten Eindruck machte. Bei ihren Geschlechtsgenossinnen wurde auch Anna lebhafter; sie beteiligte sich am Gespräch, ja sogar an den Scherzen über Herrn Schneider.

---

[1] Derbe Bezeichnung für eine gewisse bäurisch-furchtsame, zähe Passivität gegen alle Unterhaltungsversuche.

Groths Salon war erreicht. Wenn man von außen in den Saal blickte, sah man vor Staub und Brodem nur nebelhafte Gestalten vorüberschweben. In der Mitte des Saales standen rauchende, plaudernde Männer. Die Geigen mußten an Tonstärke ihr Letztes hergeben: es war die rücksichtsloseste Ausbeutung, die man sich denken konnte. Selbstverständlich konnte Anna tanzen, wenn sie es auch nie eigentlich gelernt hatte. Es ist das natürliche Vorrecht ihres Geschlechts, daß es mit drei Jahren Verständnis für die Blusen und Schleifen der Mutter zeigt und mit sechs Jahren zur Drehorgel mindestens eine korrekte Polka tanzt. Bei irgendeiner späteren Gelegenheit, aber nicht allzu spät, zeigt sich dann plötzlich, daß auch der Walzertakt von Anbeginn vorhanden gewesen und nur auf Musik gewartet hat.

Schneider fand sogar bald heraus, daß sie besonders gut tanze: leicht und mit Leidenschaft; sie gab sich offenbar ganz, mit einer frischen, jubelnden Genußfreudigkeit dem berauschenden Wirbel hin. Ihr wurde warm, sie trank, und wenn sie dann wieder in seinem Arm dahinwirbelte, schloß sie die Augen, und es war ihr, als wäre dies alles ein großer Festtag, als fege der Schwung der Geigen und Bässe sie und alle ringsum und das ganze Haus hinauf in die Lüfte, als schmetterten die Trompeten: »Freude, Freude, Freude in Ewigkeit!«

Als sie in Gesellschaft der andern am Arme Schneiders das Lokal verließ, stand ihr plötzlich der morgige Tag vor: der Waschtag! Sie empfand für einen Augenblick einen intensiven Chlorgeruch – und dieser Geruch zog hinter sich her die deutliche Vorstellung ihres alltäglichen Lebens; gleichsam mit einem Blick ihres Geistes umfaßte, *begriff* sie plötzlich erst die ganze entsetzliche Öde und Einsamkeit ihres bisherigen Lebens.

Und wie ein vom Tode Geretteter gegen seinen Retter, so empfand sie gegen den Mann an ihrer Seite eine unbegrenzte, schwärmerische Dankbarkeit. Sie sah ihn von der Seite mit Blicken der Verehrung an; denn sie empfand das, was er an ihr getan, wie einen Akt der Herzensgüte, wie eine großmütige Wohltat. Die nahe Berührung beim Tanze hatte ein Gefühl der körperlichen Fremdheit, das durch die lange Vereinsamung, durch die Gedrücktheit des

Dienenden bei ihr besonders stark entwickelt war, besiegt: sie liebte ihn mit warmem, hingebendem Gefühl.

Auf der Chaussee war es bedeutend stiller geworden; man sah nicht mehr ein Gewoge von Spaziergängern und Ausflüglern wie am Tage, sondern nur noch vereinzelte Gruppen. Vom Strom herüber hörte man ab und zu das Rollen einer Ankerkette, das unheimliche Tuten der überseeischen Dampfer. Über die Villen und Parks am Rande der Chaussee fiel das Mondlicht, und hier und da tauchte zwischen weißen Landhäusern und gewaltigen dunklen Bäumen ein schimmerndes Stück des Stromes auf. Es war ein laulicher, mild umfangender Abend, dessen Hauch sich wie eine liebende Hand weich und doch fest auf Stirn und Augen legte. Schneider und Anna Menzel waren längst hinter den anderen zurückgeblieben. Er sprach in leisem Tone zu ihr, daß sie so vorzüglich tanze, daß ihr das Kleid so ausgezeichnet stehe, daß sie überhaupt alle anderen im Tanzsaal in Schatten gestellt habe. Er preßte ihren Arm; er sprach mit wachsender Erregung, und während er sie mit einer Flut von Schmeichelworten überhäufte, legte er leise den Arm um ihre Hüfte. Sie ließ es geschehen; sie sprach kein Wort; sie zitterte nur und sah abgewandten Gesichts in die dunklen Gärten hinein. Er zog sie mehr, als daß sie ging. Ein lässiger Rausch, eine taumelnde Schwäche war über sie gekommen; sie wußte das; aber sie *wollte* nicht widerstreben. Im Schatten einer Mauer zog er sie an sich und küßte sie. Ihr Kopf fiel schlaff auf seine Schulter. Dann plötzlich vor dem wachsenden Ungestüm seiner Küsse erschreckend, von einer unbestimmten Furcht erfaßt, riß sie sich los und lief einige Schritte voraus. Nun gingen sie eine Zeitlang so getrennt, sie wohl zehn Schritte vor ihm, bis er sie allgemach wieder einholte und sie wieder leise um die Hüfte faßte. Plötzlich wurden sie durch spöttische Zurufe aufgeschreckt. Am Eingang eines Gartenlokales standen ihre Gefährten.

»Na? Schöner Mondschein heute, was? Wir glaubten schon, Sie wären untern Schraubendampfer gekommen.«

Die Nachzügler mußten wohl oder übel noch eine Tasse Kaffee bei Ötker mittrinken. Aber sie waren sehr still und ungesellig; Schneider erschien sogar offenbar geärgert.

Von der Eisenbahn aus begleitete sie lästigerweise einer der Herren fast bis nach Hause. Vor ihrem Hause warf Anna einen forschenden Blick nach den Fenstern hinauf, ob auch niemand sie sehe. Dann nahm sie Abschied von Schneider. Sie schmiegte sich fest und innig an ihn und küßte ihn mehrere Male mit herzlicher Kraft. Aber seinem wieder hervorbrechenden Ungestüm setzte sie einen sanften Widerstand entgegen. Sie machte sich endlich los und eilte die Treppen zur Haustüre hinauf. Der Schlüssel drehte sich im Schloß – und sie war verschwunden.

Als sie in ihrer Kammer war und den Hut abgenommen hatte, warf sie sich in voller Kleidung auf ihr Bett. Die Hände unter dem Kopf, starrte sie mit einem seligen, abwesenden Lächeln zur Decke hinauf, während langsam eine Träne nach der andern an den Schläfen herabrollte. – – –

Zwei glückliche, zufriedene Monate folgten nun. Zufrieden blieb sie auch an den mühseligsten Tagen, die von Morgen bis Abend eine einzige Bürde waren. Sie hatte etwas von der treuen, aber knechtischen Gutmütigkeit des Pferdes, das für ein bißchen Freundlichkeit an den Strängen zieht, bis die Sehnen reißen. Hatte sich ihr sonst alles und jedes, bis auf die Geräte herab, mit denen sie täglich hantierte, in das graue Dunkel ihrer Einsamkeit gekleidet, so tauchte jetzt alles von selbst in den Hoffnungsglanz ihrer Liebe; das Scheuern und Waschen, das Putzen und Bügeln waren freundlichere, anheimelndere Beschäftigungen geworden. Sie war des Abends so müde, daß sie über ihre eigenen Füße stolperte; sie fiel mehr ins Bett, als daß sie sich legte; aber sie war auch des Abends noch glücklich. Sie fühlte sich am Morgen nicht dumpf im Kopfe; die Lider brannten nicht: die Gliedmaßen waren nicht träge. Der Kopf war klar und frei, und sie kam schnell aus dem Bette. Denn der Tag rüttelte sie nicht mehr mit mürrischen Worten auf; er sprach ihr leise etwas ins Ohr, und wenn sie die Augen aufschlug, stand er lachend da. Nichts ermuntert uns schneller und gründlicher, als wenn uns der Tag ein freundliches Gesicht macht.

Die freien Sonntage und Wochenabende brachte sie mit Schneider auf Ausflügen, beim Tanze, in Konzertgärten zu. Nach einiger Zeit glaubte sie zu bemerken, daß er sie zuweilen kühler, gleichgültiger, ja rücksichtslos behandle. Er setzte sich mit guten Freunden zum

Skat nieder und ließ sie stundenlang allein sitzen, ohne sich ihrer anzunehmen. Sie empfand das; aber sie ließ es ihn nicht merken; sie liebte ihn zu sehr, um ihm ein Vergnügen zu stören. Auf einem Ausflug im beginnenden Herbst aber fühlte sie sich wirklich gekränkt. Er war in der Prahllaune und warf mit einem Stein nach einem Hunde, um mit seiner Treffsicherheit zu glänzen. Das Stück gelang ihm: der Hund lief heulend und mit eingezogenem Schwanze davon. Herr Schneider und einige andre Herren der Gesellschaft lachten von Herzen: die übrigen schwiegen. Nur Anna hielt ihm mit ruhigen Worten vor, wie er so etwas tun könne. Er hatte sehr wohl irgendwann einmal auswendig gelernt, daß dergleichen eine Roheit sei, und um so mehr ärgerte er sich. Er verhöhnte sie, und die durch den Vorwurf mitgetroffenen Herren stimmten triumphierend ein. Und selbst jetzt nahm er sich ihrer nicht an; er überließ sie ihrer qualvollen Verlegenheit, bis einer aus der Gesellschaft, der das Peinliche der Situation empfand, der Unterhaltung mit Entschiedenheit eine andre Wendung gab.

Als sie dann allein und im Dunkel nach Hause gingen, suchte er durch um so größere Zärtlichkeit den üblen Eindruck von vorher zu verwischen. Er war ein völlig anderer und tat, als wäre gar nichts geschehen. An das Vorgefallene rührte er vorsichtigerweise mit keinem Worte. Überhaupt, wenn sie des Abends allein waren, in der Laube eines Biergartens oder auf einem dunklen, einsamen Wege, dann entwickelte er eine überaus geschäftige Zärtlichkeit. Seine Beteuerungen und Liebkosungen wurden um so lebhafter, je mehr sie sich ihrer Behausung näherten; aber wenn das Mädchen, ein Ende machend, sich ihm entzog, brachen sie in ein kurzes, kaltes »Gute Nacht« ab. Sie war feinfühlig genug, um zu merken, daß er sie nicht ganz so liebe, wie sie ihn; daß er sie liebe, daran zweifelte sie nicht. Aber es fehlte ihr immer an seiner Liebe ein kleines Stück, das sie voll mache. Sie suchte dieses Stück aus ihm herauszulocken, sie wagte es, ihn herauszufordern, indem sie oft wie scherzend, aber ängstlich forschend zu seinen Beteurungen sagte:»Ach, das meinst du ja doch nicht so!« Dann verdoppelte er seinen Eifer und verschwur sich hoch und heilig; aber sie hörte nicht, wonach sie sich sehnte. –

An einem Oktobersonntag gingen sie ins Theater. Anna hatte die Erlaubnis erhalten, bis zwölf Uhr auszubleiben. Sie hatte nie ein

Theater von innen gesehen; nach den kleinbürgerlichen Anschauungen ihrer Eltern wäre eine Ausgabe für derlei Vergnügungen ein geradezu verbrecherischer Leichtsinn gewesen; überhaupt war das Theater etwas für die »Feinen«, eine Stätte, wohin »unsere Art Leute« nicht gehörte. Außerdem hatte der alte Menzel nach einer weit zurückliegenden Jugenderfahrung die »Theaterspielerei« als »narr'schen Krom« bezeichnet.

Schon im Vestibül fühlte Anna jene beklommene Schüchternheit, die Menschen einer gedrückten Klasse in solchen Umgebungen zu befallen pflegt, und sie wunderte sich, daß Schneider den Mut hatte, den betreßten Portier ganz unbefangen anzureden und zu befragen. Auf den Treppen und in der Garderobe wagte sie nicht anders als leise zu sprechen; als sie aber auf ihrem Platz im »dritten Rang« saß und die vergoldeten Logenbrüstungen und weißen Säulen sah, den Kronleuchter und die Deckengemälde, und vor allem das Proszenium mit dem Vorhang, dieses verheißungsvoll geschlossene Tor mit seinem feierlichen Zauber: da verstummte sie ganz. Sie wurde nicht müde, sich in der halbdunkeln Rotunde umzuschauen. Sie überlegte, wie unendlich schwer es sein müsse, so hoch unter der Decke so schöne Bilder zu malen, und sie stellte sich vor, daß der schwere Kronleuchter durch den riesig hohen Raum hinunterfalle.

Da ertönte mit ernsten, breiten Akkorden eine Musik, so festlichweihevoll, wie sie im Theater zu klingen pflegt. Anna schwoll das Herz, und sie blickte Schneider mit einem überglücklichen, dankbaren Lächeln an. Sie hatte bis dahin das Orchester gar nicht bemerkt; jetzt blickte sie hinunter und verfolgte aufmerksam die Bewegungen des Dirigenten. Dann schloß die Musik; das Glockenzeichen ertönte, und der Vorhang ging auf.

In gewisser Hinsicht hatten sie Unglück mit ihrem Theatergang: es gab »Torquato Tasso«. Schneider hatte es schon mit Mißtrauen erfüllt, daß nur »so wenig Personen« auf dem Zettel standen. Aber Anna war vom ersten Augenblick an völlig gebannt. Zum ersten Male kostete sie diese eigentümliche Romantik der Bühne, die über jede Dekoration, auch über eine ärmliche Bauernstube, einen Schimmer aus dem Lande der Seligen gießt. Und gerade das Zauberlaternenhafte der Bühne, diese feste Umrahmung des Bühnenbildes, die dem Ganzen auch bei höchster Täuschung doch unmerklich die Begrenzung des Spieles verleiht, gerade die halbe Wahrheit der Bühnenrealistik, diese ideal gestimmten Gärten, diese idealen Säulenhallen, diese wunderschönen Menschen in ihren vornehmen Gewändern und ihren edlen Bewegungen: das reizte sie, das erfüllte sie mit einem tiefen, sehnsüchtigen Entzücken. Auf den ins Blaue verschwimmenden Baumkronen des Hintergrundes, an den geraden Linien der Säulen verweilte sie oft mit langem Blick, ohne zu hören und zu sehen, was gesprochen und gespielt wurde. Wie bei jedem Theaterneuling war bei ihr zunächst das Sehen die Hauptsache; gleichsam unbewußt, willenlos ließ sie sich auf dieser Flut der Anschauungen treiben, hierhin und dorthin, und allerlei Nebendinge fielen ihr auf: ein kleines Loch in einer Kulisse, durch das ein Licht schimmerte und das sie mit Neugier betrachtete. Aber dann – wie sprachen diese Menschen da unten! Ein schönes Hochdeutsch hatte ihr immer besonderen Respekt eingeflößt; die Frau Zollamtsassistent hatte sehr schön gesprochen; deren Gaumen-R hatte sie für besonders vornehm gehalten. Aber hier sprach man doch noch ganz anders. Was sie von dem Stücke verstand, das folgerte sie oft mehr aus den Mienen und Gebärden der Personen, als daß sie die Worte begriffen hätte. Aber sie verstand doch vieles von den Worten, mehr als sie in ihrer abergläubischen Furcht anfangs gehofft hatte; sie verstand es so – so ganz innen; nur wiedersagen konnte sie es nicht. Und auch, wo sie gar nicht verstand, da lauschte sie mit jener Ehrfurcht, die das unverbildete Gemüt vor der geheimnisvoll und dennoch deutlich sich bezeugenden Schönheit und Erhabenheit empfindet, wie man der unverstanden Sprache des Meeres oder eines brausenden Gießbaches lauscht.

Schon nach dem ersten Akt hatte sie ein Gefühl, das während des Abends noch wiederholt mit immer gleicher, schmerzlicher Stärke hervortrat: sie fühlte sich tief niedergedrückt von diesen schönen, edlen, guten Menschen da unten. Sie kam sich so schlecht, so gewöhnlich vor und empfand alsdann eine kurze, aber heftige Sehnsucht nach den schönen Menschen. Sie hatte durchaus den Eindruck von etwas ganz Wirklichem empfangen; Darsteller und Dargestelltes verschmolzen ihr in eins.

Der Streit zwischen Antonio und Tasso erregte sie sehr stark; die heftigen Worte, die blitzenden Degen – ihre Augen waren weit geöffnet; ihr Busen wogte. Mit ihren einfachen, primitiven Moralbegriffen sah sie in Antonio, der den armen schönen Tasso höhnte und reizte, einen vollkommenen, herzlosen Bösewicht. Und als dann Tasso noch dazu bestraft wurde, empfand sie für ihn das tiefste Mitleid

»'n ganz hübsches Stück,« hatte Herr Schneider nach dem ersten Akte mit einer gewissen verzweifelten Kraftanstrengung geäußert. Nach dem zweiten Akt sagte er nichts über das Stück; er war offenbar befriedigter; die gezückten Klingen hatten ihn etwas angeregt. Nach dem dritten Akt fand er die Sache »scheußlich langweilig«.

»Wären wir nur nach dem Thalia-Theater gegangen; da gibt es immer was Lustiges. – Ich will erst mal 'n Glas Bier trinken. Willst du mit?« fragte er kurz und gleichgültig.

»Nein,« sagte sie, »geh du nur!« Es tat ihr leid, daß er sich langweilte.

Der Vorhang ging wieder auf; aber Schneider war noch nicht da. Bei ihrer beschränkten Ängstlichkeit in dieser ungewohnten Umgebung hatte sie keine ruhige Sekunde; immer wieder sah sie nach der Logentür; von der Vorstellung sah und hörte sie nichts. Endlich kam er.

Nachdem er auch diesen Akt ausgehalten hatte, schlug er vor, fortzugehen und lieber in der Würzburger Bierhalle ein ordentliches Beefsteak und einen ordentlichen Schoppen zu genießen.

»Ach – –!« Sie sah ihn erschrocken an. »Das seh' ich nun nicht ein! Es ist doch so schön!«

»Na ja, wenn du mit Gewalt den Quatsch noch länger mit anhören willst – –« Er wandte sich heftig ab und sprach kein Wort mehr. Mit verbissenem Ärger starrte er über die Brüstung ins Parkett hinunter. Übrigens hatte er schon während des ganzen Abends eine Art unruhiger Zerstreutheit gezeigt, als beschäftige ihn etwas anderes. Es kam die Szene, in welcher Tassos Liebe zur Prinzessin ans Licht hervorbricht. Dem stürmischen Lauf seiner Worte folgte Anna mit klopfendem Herzen.

»Beschränkt der Rand des Bechers einen Wein,
Der schäumend wallt und brausend überschwillt?
Mit jedem Wort erhöhest du mein Glück,

Mit jedem Worte glänzt dein Auge heller.
Ich fühle mich im Innersten verändert,
Ich fühle mich von aller Not entladen,
Frei wie ein Gott, und alles dank' ich dir!
Unsägliche Gewalt, die mich beherrscht,
Entfließet deinen Lippen; ja du machst
Mich ganz dir eigen. Nichts gehöret mehr
Von meinem ganzen Ich mir künftig an,
Es trübt mein Auge sich in Glück und Licht,
Es schwankt mein Sinn; mich hält der Fuß nicht mehr.
Unwiderstehlich ziehst du mich zu dir,
Und unaufhaltsam dringt mein Herz dir zu.
Du hast mich ganz auf ewig dir gewonnen,
So nimm denn auch mein ganzes Wesen hin.«

Und – sie stieß ihn von sich – und eilte fort. – Wie konnte sie ihn nur von sich stoßen, der sie so liebte, der ihr *so* von Herzen gesagt hatte, wie er sie liebe!

Heimlich erfaßte sie ihres Geliebten Arm und preßte ihn fest an sich.

»Was soll ich?« fragte Schneider.

Sie schüttelte lebhaft den Kopf: er möge still sein.

Daß aber Tasso am Schlusse den Antonio einen edlen Mann nannte und zu ihm seine Zuflucht nahm, das verwirrte sie, das begriff sie nicht. Aber schön war es bis zum Schluß gewesen, und als der Vorhang langsam gefallen war, mußte sie sich die Last des Eindrucks durch einen langen, tiefen Seufzer erleichtern.

»Na – *jetzt* bist du ja wohl zufrieden, he?« fragte Herr Schneider in gereiztem Tone.

»Ja!« sagte sie, und sie versuchte, ihn mit ihrem Lächeln zu versöhnen.

»Na, Gott sei Dank!« sprach er mit einem kurzen Auflachen.

Er half ihr nicht beim Anlegen ihres Mantels, sondern ging, ohne sie zu erwarten, die Treppen hinunter.

Unten auf der Straße stimmte ihn die Aussicht auf die hell erleuchtete »Würzburger Bierhalle« beträchtlich freundlicher. Er gab ihr seinen Arm und sie gingen hinein. Sie mußte ein Beefsteak mit Eiern und mit Kartoffeln nehmen und noch Kompott dazu; er gab nicht eher nach, als bis sie einwilligte. Als er gegessen und getrunken hatte, war er wieder ganz aufgeräumt; er bestellte ein Glas Bier nach dem andern und rühmte sich, wie viele Seidel er vertragen könne, »wenn er aufgelegt sei«. Einmal, auf einem Ausflug nach Friedrichsruh, habe er sechsundzwanzig Glas getrunken. Nun, das sei ein heißer Tag gewesen, und von dem »leichten, hellen Zeug« könne man eine Masse wegsetzen. Von diesem schweren Bier könne er auch höchstens zwölf Seidel vertragen. Er quälte sie förmlich, sie solle doch mehr trinken; aber sie lehnte entschlossen ab. Sie hatte sich einmal verleiten lassen, mehr zu trinken, als ihr schmeckte, und das war ihr schlecht bekommen.

Auf dem Nachhausewege mußte sie noch mit in ein Café hinein, Schokolade trinken und Kuchen essen. Er hatte ihr durchaus Glühwein aufnötigen wollen; aber sie war standhaft geblieben.

Als sie ihren Heimweg fortsetzten, erzählte er unvermittelt, er werde nun bald seine Stellung drüben aufgeben und dann wohl ein Geschäft in Wittenberge übernehmen. Er wolle sich selbständig machen; ob sie dann seine »kleine süße Frau« werden wolle?

Sie schmiegte sich an ihn, blickte ihn lächelnd an und nickte stumm, mit scherzend lebhafter Entschiedenheit. Er malte ihr aus, wie es dann sein werde; dann würde sie sich nicht mehr für andre Leute zu schinden brauchen; dann würden sie sich alle Tage liebhaben, so ganz, *ganz* lieb – er umschlang und küßte sie immer öfter, immer leidenschaftlicher. Auf dem einsamen Wege störte sie niemand.

Vor ihrem Hause wollte er sie nicht mehr loslassen. Er bestürmte ihr Ohr mit leisen, schmeichelnden, hastigen Worten: Warum sie immer so kalt gegen ihn sei, so abstoßend; sie liebe ihn gar nicht, und er liebe sie doch so sehr, daß er es gar nicht mehr aushalten könne, und nun müsse er bald von ihr fort, dann werde er sie nicht einmal sehen, und sie würden ja doch nun bald Mann und Frau, das stehe ja doch fest, sie möge ihm doch auch einmal *zeigen*, daß sie ihn wirklich liebhabe, und ganz seine Geliebte sein, seine Frau – –

Sie zitterte in seinen Armen und suchte sich loszumachen. In ihrer Verwirrung griff sie nach einem äußeren, naheliegenden Vorwand. Aber was ihm denn einfalle – sie könne doch nicht – er sei wohl nicht gescheit – die Leute – –

Er glaubte, den Augenblick ausnützen zu sollen. Er wollte mit hineingehen; er wolle schon aufpassen, daß ihn niemand sehe, und schon wieder hinauskommen.

Mit einem jähen Ruck hatte sie sich losgerissen, um die Stufen zur Tür hinaufzueilen. Entdeckt werden – wie sie einen Mann im Zimmer hatte –! Die Schande konnte sie gar nicht ausdenken. Überhaupt hatten ihr immer die Folgen eines Fehltritts Entsetzen eingeflößt. Immer die Folgen hatte ihr die Mutter vor Augen gerückt – und in den Zeitungen hatte sie oft dergleichen gelesen. Sie mußte immer gleich an Kindesmord denken. Im Schaufenster des Panoptikums hatte sie einmal eine plastische Darstellung gesehen: »Die Kindesmörderin« –. Und einmal hatte sie auch ein Gedicht gelesen: »Horch, die Glocken hallen dumpf zusammen« –

Alle diese Vorstellungen fuhren ihr jetzt blitzschnell durchs Hirn. Aber ebenso schnell tauchte dann wieder ein warmes, mitleidiges Gefühl für ihren Geliebten empor. Sie streckte ihm beide Hände entgegen.

»Nicht böse sein, nicht böse sein, mein Gustav,« bettelte sie.

Er faßte ihre Hände und suchte sie wieder herabzuziehen. Aber sie riß sich wieder los.

»Nicht, Gustav, nicht! Es ist besser so,« flüsterte sie bittend. »Sag mir ordentlich gute Nacht.« Er stieg auch die letzten Stufen zu ihr hinauf und machte Miene, doch mit ihr hineinzugehen. Aber sie schlüpfte schnell hinein und schlug die Tür mit ängstlicher Hast zu. Einen Augenblick stand er still vor der Tür, dann lief er die Stufen hinunter und stürmte mit wütenden Schritten davon. Sie öffnete die Tür wieder und rief mit unterdrückter Kraft seinen Namen; aber er hörte nicht mehr oder wollte nicht hören.

Tief bekümmert ging sie in ihre Kammer. Sinnliche Erregung, Mitleid mit dem Geliebten und Furcht, ihn ernstlich erzürnt zu haben, stritten um den Vorrang in ihrem Herzen. Sie entzündete ihre kleine Lampe und, noch in den Kleidern, schrieb sie auf der

Fensterbank einen Brief: Lieber Gustav, und dann ein paar herzliche, bittende und verheißende Worte, die ihn so bald wie möglich trösten und versöhnen sollten. Leute ihrer Gesellschaftsklasse kennen in der Regel keine komplizierten Briefanreden; auch der von Herzen Geliebte ist ihnen nur ein »lieber Gustav«.

Als am andern Morgen der Laufbursche zum Vorfragen kam, bestellte sie, was zu bestellen war, und gab ihm dann das Billett zur Besorgung an den Gehilfen. Der Bursche, der schon öfter Briefe von ihr an Herrn Schneider übermittelt hatte, machte ein erstauntes Gesicht.

»Herr Schneider ist nicht mehr bei uns,« sagte er.

»Herr Schneider – ist nicht mehr bei Ihnen?« Sie hatte unwillkürlich die Hand aufs Herz gedrückt. Nur stoßweise vermochte sie zu sprechen.

»Nein, Herr Schneider ist am Sonnabend abgegangen.«

»Ganz fort von Ihnen?« forschte sie. Sie meinte, es müsse ein Mißverständnis obwalten.

»Ja, ganz fort.«

»Wo ist Herr Schneider denn?« fragte sie ratlos.

»Ja, das weiß ich nicht,« erwiderte der Bursche.

Nachdem dieser schon längst gegangen war, stand sie noch immer auf dem Korridor. Davon hatte er ihr ja nichts gesagt! Aber endlich kam sie zu dem Schlusse, daß die Aufklärung dieser merkwürdigen Sache jedenfalls bald kommen werde. Wer weiß, weshalb er ihr davon nichts gesagt hat. Er hat vielleicht seine Gründe. Aber welche? Ein Verdacht stieg in ihr auf – aber sie unterdrückte ihn schnell wieder. Das *konnte* er nicht tun, denn dann – dann –

Es war ihr, als wenn sich mit einem Male wieder ein grauer Schleier über die ganze Welt ziehe – der graue Schleier von früher. Aber nur einen Augenblick – dann war es wieder hell. Das Salzfaß, die Pfannen, die Teller lächelten sie wieder an. Er liebte sie ja – sehr – sehr – das hatte sie ja erst gestern abend gesehen. – Aber warum nur – –?

Sie bemerkte endlich verzweifelnd, daß sie nun wohl schon eine halbe Stunde lang bald dies, bald das getan und angefaßt und doch nichts gearbeitet habe, gar nichts. Sie raffte sich auf zur Arbeit und machte sich an die Wäsche: aber wieder nach einer halben Stunde entdeckte sie, daß sie immer dasselbe Stück Zeug auf der Ruffel hatte.

Am Nachmittag brachte der Postbote einen Brief. Bon ihm! Sie eilte damit in die Küche und las: »Wertes Fräulein!« Sie griff nach dem Kuvert: der Brief war an sie, und er war von ihm. Sie las:

»Wertes Fräulein!

Bei meiner Abreise von hier sage ich Ihnen ein herzliches Lebewohl. Indem ich eingesehen habe, daß es mit uns doch nichts ist, hebe ich hiermit die Verlobung *von meiner Seite* auf und bedaure ich nur, es nicht schon früher getan zu haben, indem mir die Sache schon lange langweilig war.

Ihnen alles Beste wünschend,
hochachtungsvoll ergebenst
Gustav Schneider, Kaufmann.«

Sie saß auf ihrem Küchenstuhle, als sie den Brief las. Sie starrte geradeaus und sah nur eines vor ihren Augen: ihr früheres Leben.

Sie sah es in einem einzigen Bilde: Wie sie an einem Sonntagnachmittag am Küchenfenster saß und durch den Regen in den Lichthof sah. *Das* war ihr früheres Leben.

Und von selbst traten ihr die Worte auf die Lippen: »Wie früher – wie früher – wie früher –. Sie stöhnte es vor sich hin, abwesend, unablässig, und dann wurde es zuletzt ein Wimmern, ein hilfloses Jammern. »Wie früher – wie früher – wie früher –«.

Sie sah die zinnerne Wanne, die halb mit Wäschestücken gefüllt war – und ein unwiderstehlicher Trieb gewann über sie Gewalt. Sie hatte keine Gedanken mehr; sie folgte nur noch diesem Triebe. Sie hob die Wanne auf, nahm den Bodenschlüssel vom Brett und stieg die vier Treppen hinauf.

Auf dem Boden setzte sie die Wanne nieder; sie hatte sie aus ganz mechanischer Gewohnheit mit hinaufgenommen. Geradeswegs schritt sie an das Fenster und stieß es auf. Sie stieg auf die Fensterbank, hielt sich mit der einen Hand am Fensterpfosten und schaute hinab. Sie schauerte zusammen. Dann schloß sie die Augen und ließ sich hinabfallen.

Hinab in den Schoß des großen Erbarmens.

Es war ein grauer, müder Tag; auf dem Kartoffelfelde war das alte Paar mit seinen Enkeln nicht mehr zu sehen, und die lustigen Hörner und Trommeln von drüben waren verstummt.

Von Schiffahrt, Angst, Courage und dergleichen.

Wir waren eine regelrecht gemischte Gesellschaft: immer ein Mädel – ein Bursche, ein Mädel – ein Bursche usw. Nur in zwei Dingen stimmten wir alle überein, erstens: wir waren jung, und zweitens: wir wollten uns an diesem Nachmittag auf jeden Fall wundervoll amüsieren. Selten ist ein Vorsatz mit größerer Energie gefaßt worden als dieser.

Nun ist es eine der allerbekanntesten Tatsachen, daß solchen Leuten in solcher Stimmung eine Wasserfahrt ein ganz erhebliches Vergnügen zu bereiten pflegt. Die Damen ins Boot heben, ihre Füßchen und Spitzensäume bewundern, sie kreischen und kichern hören, sie beruhigen, ein stolzes Beschützergefühl in den resp. Männerbusen spüren, sich mit unerhörter Bravour in die Ruder legen und Wind und Meer gebieten, solange sie nichts dagegen haben – andrerseits: vor den Männern zu spielen mit eben jenen Füßchen und Spitzensäumen, mit anmut-zarter, hilfsbedürftig-ängstlicher »Weiblichkeit,« vielleicht gar die Ärmel hochstreifen, Hände Nr. 5¾ zeigen, ein für hervorragende Schifferfäuste gemachtes Ruder mit möglichst zierlicher Täppischkeit umklammern und es solchermaßen hin und her bewegen, daß sämtliche Insassen etwas davon haben – wer wollte leugnen, daß alles das für die resp. Geschlechter ungefähr soviel bedeutet, wie ein Leutnant mit Schlagsahne oder ein dreisitziges Fahrrad mit Skatvorrichtung, nämlich: *eine Akkumulation höchster Genüsse?*

Ein erklärtes Verhältnis gab es erfreulicherweise innerhalb unserer achtköpfigen Gesellschaft nicht – wenn auch *ein* Paar gewisse dringende Verdachtsmomente aufwies – es bestand also, wie der kundige Leser aus meinen Andeutungen schon geschlossen haben wird, zwischen uns jene reizvolle Spannung ungleichnamiger Geschlechter, der die Entfernung noch zu groß ist, als daß der Funke überspringen könnte, die sich aber dafür in einem pracht- und wundervollen St. Elmsfeuer der Koketterie entladet. Es gibt kaum etwas Possierlicheres als die Koketterie zwanzigjähriger Leutchen. Die jungen »Männer« posieren entweder genau so stark wie die Weibchen oder etwas stärker; in späteren Jahren freilich neigt sich das Übergewicht in diesem Punkte auf die Seite der Frauen, weil die

Männer dann fauler und gleichgültiger werden, diese Eigenschaften sehr oft für sittlichen Ernst halten und sie infolgedessen ernstlich kultivieren. Die *jungen* Männlein aber tun groß, und die Weiblein tun klein, so will es die überlieferte Praxis. Was die Jünglinge in dem Alter um 20 herum an Mut produzieren, ist unglaublich. Und sieht man die Jungfrauen, so weiß man – immer vorausgesetzt, daß man selbst im entsprechenden Alter steht – daß Anmut und Sanftmut, Zärtlichkeit und Mitgefühl ewig wohnen werden an jedem Herde der Heimat. Mut wollten wir heute zeigen, den Mut zu Wasser; es sollte eine Elbpartie gemacht werden.

Es war aber einer unter uns, der das ehrwürdige Alter von 27 hatte, der männliche Part des verdächtigen Paares, und dieser stellte jetzt die komische Frage: »Ist denn einer von Ihnen, meine Herren, auch imstande, ein Boot auf der Elbe zu handhaben?«

Ein kurzes, entrüstetes Schweigen und dann eine Sturzwelle von Fragen: »Wieso?«»Das bißchen Rudern?«»Können Sie nicht rudern?«» *Sind Sie bange?*«

Dies Wort gab dem Übermut Luft: der arme Herr Steen hatte ausgesorgt; er konnte sich für heute und für die Zukunft auf den Hohn der wagelustigen Jugend gefaßt machen.

»Es vergeht kaum eine Woche,« fuhr er mit unerträglicher Ernsthaftigkeit fort,»daß nicht von einem gekenterten oder überrannten Boot und von ein, zwei, drei bis ein Dutzend und mehr ersoffenen Vergnügungsfahrern berichtet würde. Ich halte es für Leichtsinn, sich aus einem höchst gefährlichen Fahrwasser anderen als wirklich kundigen Händen anzuvertrauen, und habe das auch bisher noch nie getan.«

Für den Menschenkenner wird es nicht nötig sein, ihm das Hohngelächter zu schildern, das ob dieser Rede auf den furchtsamen Herrn Steen herniederprasselte. Die Damen schürzten heimlich mit Verachtung die Lippen, und selbst diejenige, welche ein dunkler Verdacht mit diesem Sicherheitskommissar in Verbindung brachte, entfernte sich unwillkürlich um einige Schritte weiter von ihm.

»Na, sei'n Se man nich bange!« rief Herr Martens, der oberste Draufgänger von uns Jungen,»versuchen Se's man! Wenn Ihnen

schlecht wird, setzen wir Sie in eine Droschke und lassen Sie fein bis
an Ihr Bett fahren. Zufrieden?«

»Gut, unter dieser Bedingung geh' ich mit,« versetzte Herr Steen.
Die Zusage wurde mit spöttischem Gelächter aufgenommen; die
Damen kicherten jetzt ganz ungeniert hinter Herrn Steens Rücken.
Auf dem Weg nach dem Hafen blieb er fast gänzlich isoliert.

Da war also wieder mal unser alter lieber Hein Kloock, der
Bootsvermieter und Inhaber jener Badeanstalt, in der ich als Fünf-
jähriger mein erstes öffentliches Bad in solcher Art nahm, daß ich in
der Glut meines damals schon bedrohlichen Temperaments mit
Hemd und Höschen in das Bassin für die größten Erwachsenen
sprang und sofort mit dem Kopf bis auf den Grund drang. Ein ruhiger Griff Hein Kloocks in meine Nasiräerlocken brachte mich wieder zum Vorschein. Seitdem hat sich eine Art Kindschaftsgefühl
gegen den alten Mann in mir erhalten; ich nehm' ihm jede Geschichte ab, und wenn ich ihn besonders erfreuen will, reize ich ihn durch
fabelhaft unwissende Fragen zu einer belehrenden Erzählung aus
seinen Seemannszeiten. Er hat, nach einem ziemlich verbürgten
Gerücht, nur ein paar Fahrten nach Westindien gemacht; aber er
lügt bis zu den höchsten Breitengraden, und ein Überfall durch
chinesische Seeräuber im Gelben Meer kostet ihm nicht die geringste Anstrengung. Überhaupt erzählt er jedes gewünschte Abenteuer
und mißt dabei, während er den Zuhörer schärfstens studiert, im
stillen ab, wieviel tote Seeräuber und wieviel Fuß Sturzwellen er
ihm zumuten darf. Mir fügt er die höchsten Wellen und die meisten
Toten zu; denn ich mache ihm zu Gefallen immer ein Gesicht wie
Klingers Simplizissimus, da er vom Einsiedler das Lesen lernt. Hein
Kloock ahnt natürlich nicht, daß mir das Interessanteste seine Geo-
graphie ist. Er hat es mir schon wiederholt versichert, es sei ein
wahres Glück, daß »die Linie« übers Wasser gehe; wenn sie übers
Land ginge, würde die Hitze nicht auszuhalten sein.

Dieser Mann also vermietete uns ein gutes, nettes Boot, versprach
uns gutes Wetter – was er immer tut – und wünschte uns eine
glückliche Fahrt. Herr Steen bestieg unter großem Hallo das Boot.

»Herr Steen – vorsehn! Das Wasser hat keine Balken!« – »Herr
Steen, es wackelt!« – »Herr Steen, werden Sie nicht beim Einsteigen
schon seekrank« und dergleichen mehr schwirrte dem Ärmsten um

den Kopf, der aber, zum Glück für die gute Stimmung, alles mit zynischer Gemütsruhe hinnahm und, als man sich müde geulkt hatte, trocken bemerkte, er müsse nur immer an unsere Eltern denken, für die unser Leben doch einen gewissen Sinn habe.

Der Hafen war diesmal wieder groß und schön. Wer den Hamburger Hafen in seinem Sonntagskleide sehen will, der muß ihn an einem sonnigen Arbeitstage sehen. Ich kenne kein überwältigenderes Bild der Arbeit als dieses. Hier scheinen sich alle Geräusche der Welt zu vereinigen zu einer sausenden, rollenden, surrenden, hämmernden, knirschenden, pfeifenden, klirrenden, heulenden, stöhnenden, donnernden Symphonie der Arbeit. Hier sind wir nicht mehr in einem kleinen Staate, hier sind wir in der Welt. Hier weht Luft aus allen Zonen, Klang und Duft aus allen Breiten. Die Masten der Schiffe, dieser Zyklopenmauern, weisen in blaue Höhen, ihr gierigscharfer, durchschneidender Bug in blaue Weiten. Hier braust dir in einem Augenblick durch alle Adern wie Wein das ganze Kraftgefühl der Menschheit. Und das Heulen der Schiffssirenen gibt dir Antwort auf deinen Stolz: es ist ein wild auffahrender, wahnsinniger Wutschrei der unterjochten Naturkraft. Aber die ungeheuren Raubvogelschnäbel der Kräne holen unermüdlich neue Schätze aus den strotzenden Bäuchen der Schiffe hervor und streuen sie hinaus ins Land, unermüdlich, unermüdlich. Und droben auf dem Schiff, dessen steile Wand nun unmittelbar, zum Greifen nahe fast, neben uns emporsteigt, jäh, still, drohend, lauernd, als wollte sie im nächsten Augenblick sich neigen und uns zermalmen – droben an der Reeling tanzt ein steinkohlengeschwärzter Arbeiter mit humorvollen Sprüngen zu einer Musik, die von einem Vergnügungsfahrzeug her lustig über die Wellen hüpft. Und auf dem Heck eines Chinafahrers sitzt eine deutsche Mutter und läßt ihr rundes Bübchen auf dem Arme tanzen zu eben jener Musik. »Musiiik! Musiiik!« hallt es von allen Kais und Schiffen und aus allen Speichern, als die heitere Weise verstummt ist.

Sie wollen Musik. Und über allem ist Sonne.

Wenn ich so durch diesen Hafen fahre, dann sehe ich ihn: den großen Triumphtag der Arbeit, da alles, was arbeitet, frei wird von gemeiner Sorge und frei wird zu reinerer Luft. So wird er aussehen, wie dieses große Bild voll Leben, Tat und Sonne. Ich weiß, ich weiß:

dies ist nur ein Bild, und der Tag ist noch nicht da. Aber zuweilen sah ich ihn schimmern um die Masten dieser Schiffe und um die Dächer dieser Stadt.

Und dann stromab an den stillen, heimlich umbuschten Ufern von Neumühlen und Övelgönne, Othmarschen und Nienstedten vorüber, bis zu dem sauber blinkenden, weiß und grünen Finkenwärder. Immer größer, immer breiter, immer ruhiger der Strom, wie ein großes Leben, das von Stunde zu Stunde die Welt mit größerem Blick umfaßt und nun immer klarer, segensreicher, mächtiger und stiller wird.

Er fließt nach Westen, dieser Strom, und so ergießt er an jedem schönen Abend seine breite Flut in das purpurne Meer der Sonne. Sein Drängen und Treiben endet im Lichte. Das ist mir von Kindheit auf ein gewohntes, heiliges Bild.

Drüben, im allerfernsten Hause, das der Blick noch erreichen kann, blinken die Fensterscheiben von lauter Sonne. Das, ihr Brüder vom Gebirge, ist uns Kindern der Ebene Seligkeit: auf zwei Meilen weit dem Nachbar im stillen Herzen eine gute Nacht zu wünschen, wenn aus seinem Fenster die Abendsonne uns zunickt. Das ist uns Seligkeit: stundenlang wandern und fahren und fahren und wandern können und immer das Auge Raum trinken lassen, soviel es mag, ohne zu fürchten, er könnte alle werden. Was noch hinter diesem lachenden Horizont an duftigklaren Weiten liegt, das trinkt ein Auge nicht aus. Ich liebe euer Gebirge von ganzem Herzen; aber jeden Morgen, wenn ich zum Fenster hinaussehe, ja bei allem Tagewerk gegen hohe Wände zu blicken, das hielt' ich nicht aus. Das Herz, das mir in den Augen brennt und drängt, es würde ganz auf eigene Hand sterben vor Sehnsucht.

Jetzt durch die einsamen Grachten zwischen den Elbinseln hindurch, wo die Ruder an beiden Seiten ins Gras schlagen, in das hohe Gras, das den Rindern bis zum Bauche reicht, wo leise der Wind die Halme streichelt, wie eine Mutter die Stirn ihres schlafenden Kindes, wo kaum ein Laut vernehmbar ist, als ab und zu das dumpfe, sattbehagliche Brummen einer Kuh. Natürlich kehrten wir bei »Mutter Thiessen« ein.

Mutter Thiessen darf eigentlich keinen Schnaps verkaufen; aber sie tut es. Und er schmeckt auch, wenigstens ihr selbst; aber sie geht nie über das Maß hinaus, das ein kräftiger Mann vertragen kann. Sie ist Wirtin und Hausknecht und noch mit jedem Gaste fertig geworden; ihr Mann ist ihr Kellner. Jedesmal, wenn man ihn sieht, möchte man ihm ein Trinkgeld zustecken. Seine Frau ist immer hinter ihm her: »Clas, mak doch to! Wat steihst du hier un snacks! Bedeen din' Gäst!« und er: »Jowoll, min Engel! Jowoll, min söte Deern!« Wenn sie ihn nicht hört, versichert er dann jedem Gaste einzeln, dies verdammte Weibsstück könne ein Pferd totärgern.

»Sie müssen mal energisch auftreten!« meinte Herr Martens.

»Djä! denn ward se noch energischer! Dat hevv ick so allens versocht!« versichert Herr Thiessen mit überlegener Resignation.

»Clas!!!« scholl es schmetternd von der Küche her.

»Jo jo, min Engel!! – Meenen Se, mine Herrschaften, dat Froensminsch kann een'n ok man'n Ogenblick in Ruh lot'n? Und dorbi: *slech* isse *nich*; se's bloß n' Satan.«

»Clas!!!!«

»Jo, min Deern!«

»Herr Thiessen!« rief jetzt Martens, »sagen Sie bitte Ihrer Frau, sie möchte die Spiegeleier nicht wieder so fürchterlich fett machen wie neulich!«

Herr Thiessen kam langsam zurück mit einem ratlosen Gesicht und legte Martens die Hand ans die Schulter.

»Ach Herr,« kam es unendlich verlegen heraus, »möchten Sie mir nich 'n großen Gefallen tun?«

»Wenn ich's kann, natürlich gern!«

»Möchten Sie nich reingehn un ihr das sagen?«

»Ich?« – Martens wurde blaß. »Ja, wissen Sie – das ist so 'ne Sache – das ist doch eigentlich *Ihre* Sache – ich kann doch nicht – das sieht ja doch merkwürdig aus – nee, dann lassen Sie's nur – das ist mir viel zu umständlich – ich sitz' hier nun gerade gemütlich –«

Die Eier wurden also fett; wir aßen wie Ruderknechte – ausgenommen die Damen natürlich – und hörten zu dem ausgesprochen niederdeutschen Menü die tremulierenden Lungenübungen Violettas und die wahnsinnigen Triller Lucias, durch die Güte eines italienischen Orgeldrehers nämlich, der sich dann überraschend schnell in die holsteinische Kost einlebte. Als wir die Rückfahrt antraten, bat er uns, ihn und seine Orgel mit nach Hamburg zu nehmen. Wir dachten an den Dreibund und willigten ein, unter der Bedingung, daß er nun auch der Orgel die wohlverdiente Ruhe gönne.

Als wir wieder auf dem eigentlichen Flusse waren, galt es, gegen den Strom des ablaufenden Wassers nach Hamburg zu kommen: für zwei Ruderer, die neun Personen und einen Leierkasten vorwärtsbringen sollten, keine leichte Arbeit. Ich saß am Steuer, und die vierte Mannsperson war zum Ablösen da.

Es war Abend geworden. Wasser und Luft schienen sich zu *einem* Element vereinigt zu haben, zu einer milchig grauen, alles erfüllenden Flut, die sich um Hals und Wangen legte wie der weiche Arm eines Weibes. Es war jene verdächtige Milde um uns, die sich leicht in Tränen löst. Wir konnten noch einen hübschen Regen bekommen.

Die beiden Ruderer arbeiteten kräftig; aber es ging. nur langsam, sehr langsam vorwärts.

»Wir kommen ja kaum von der Stelle!« rief Martens.

»Gar nicht,« erklärte Herr Steen, der gerade frei war, mit auffallender Entschiedenheit.

»Wieso ›gar nicht‹?«

»Wir sitzen doch fest!«

»Wir sitzen fest?«

»Ja.«

»Wieso sitzen wir fest?«

»Wieso? Aufm Sand. Haben Sie denn das nicht gemerkt? Wir sitzen ja schon 'ne Viertelstunde.«

»'ne Viertelst– – Ja, aber Menschenkind, warum sagen Sie denn das nicht eher?« rief Martens etwas indigniert.

»Ich dachte, Sie wüßten das und blieben mit Absicht sitzen,« entgegnete Steen mit der Miene eines frisch gewaschenen Engels.

Ich mußte laut herauslachen. »Jetzt uzt *er* uns!« rief ich.

»Ja, wie kommen wir denn wieder los!« rief Martens ärgerlich.

»O, das ist sehr einfach,« meinte Steen, »Sie müssen nur nicht das Boot gegen den Strom flott machen wollen. Erlauben Sie?« fragte er höflich, nahm Martens das Ruder aus der Hand, tastete den Grund damit ab, stieß es dann in den Sand und schob allein das Boot mit dem ablaufenden Strome wieder ins freie Wasser.

»Bitte?!« Er gab das Ruder zurück.

Es war kein Zweifel, Herr Steen war der ganzen Gesellschaft etwas interessanter geworden. Die Damen betrachteten sich ihn wiederholt von der Seite.

Da geistert neben uns aus dem Nebel das Wrack der »Alexandria«. Ein mächtiger Überseer, den ein anderer Dampfer mitten durchgerannt hat, bei solchem Wetter wie heute. Die beiden Hälften starren drohend aus der leise schwatzenden Flut herauf. Die furchtbaren Flügel der Schiffsschraube ragen gespenstisch in die Luft – sie haben Ruhe. Wir umfahren das Wrack. Wir sind wieder still geworden. Um diese Stätte weht Tod. Die dicksten Eisenstangen sind zerbrochen wie Glas, gebogen, aufgewickelt wie dünner Draht. Oben am Fockmast hängt eine Laterne und gibt ein kleines, einsames, trauriges Licht, zur Warnung für die Fahrenden. Einst war auf diesem Deck, in diesen Kajüten Leben, Bewegung, Lärm, Befehlen und Gehorchen. Alles verlassen. Wer weiß, ob nicht unten in einem verborgenen, vom drängenden Wasser verschlossenen Raume noch von denen liegen, die nicht wieder an die Oberfläche kamen? Und ob sie nicht im nächsten Augenblick hervorhuschen, die Treppen heraufkommen wie die Katzen, hierhin, dorthin hasten, die Glut aufstochern unter dem Kessel, in die Masten schlüpfen, die Segel hissen und im Hut mit ihrem Schiff verschwunden sind –

Es ist verschwunden. Wir sind vorüber. Der Nebel ist stark.

Ein schöner, leiser, wiegender Zwiegesang klingt ganz nahe. Und nichts zu sehen – doch! – Ein Boot mit dunklen Segeln! Aber kein Mensch darin zu sehen. Vorbei. Der Nebel verschlang es.

So grüßt uns ein Gedicht. So huscht es vorbei. Es kommt darauf an, wieviel man davon erhascht. Ganz erwischt man's nie. Später, als ich allein war, sah ich nach, wieviel ich im Netz behalten.

Zwei plaudernde Gesellen
Im Kahn, im flügelschnellen.
Schon stieg aus sanften Wellen
Die Nacht, die milde Fei.

Was war's – was huscht von hinnen?
Ein Schiff mit schwarzen Linnen
– Kein Schiffer saß darinnen –
Glitt unserm Boot vorbei.

Vom Schiff her kam ein Singen
Auf weichen, dunklen Schwingen,
Ein längst vertrautes Klingen,
Wie fremd die Weise sei.

Verklingen und Entschwinden! – –
Wer sucht, um uns zu finden? –
Auf Wellen floß und Winden
Das Schweigen still herbei. –

Ein feiner Regen begann herabzurieseln. Die Damen hüllten sich fröstelnd in ihre Mäntel; es wurde unbehaglich und still.

Mit einem Male rief Steen:»Ein Dampfer!«

»Wo denn?« fragte Martens.

»Da, dicht vor uns, sehen Sie denn nicht?«

Ein Licht ging aus dem Nebel auf, und ein großer, schwarzer Bug stieg dicht vor uns aus dem Dunkel.

»Mensch, was machen Sie!« schrie Steen entsetzt; im nächsten Augenblick hatte er Martens die Ruder entrissen.

Martens war völlig kopflos geworden: er hatte vorwärts gerudert statt zurück. Die nächsten Sekunden entschieden über Leben und Tod. Noch ein paar Schläge und wir wären unter den Dampfer geraten.

Mit ein paar ruhigen, kräftigen Ruderschlägen brachte Steen unser Boot außer Gefahr; wir schrammten so eben, so eben an unserm Verderben vorbei. Vom Dampfer herab prasselte eine volle Garbe von Seemannsflüchen auf uns nieder, die allerlei wohlmeinende Ratschläge enthielten.

Steen behielt die Ruder. Martens verlangte sie nicht zurück.

Wenn jetzt jemand gewagt hätte, etwas gegen den Herrn Steen zu sagen – was dem wohl passiert wäre!

Die Damen ließen ihn kaum noch aus den Augen. Gar nicht aus den Augen ließ ihn diejenige, welche – der Leser weiß schon. Ihr Blick schien um Verzeihung zu bitten.

Alles gehorchte jetzt seinen Anordnungen, und wir kamen dabei bald in den sicheren Hafen. An Land gekommen, fühlten wir in unserer Durchfrorenheit das Bedürfnis nach einem heißen Trunk.

»Herr Steen,« sagte ich, »Sie haben uns das Leben gerettet; nun müssen Sie auch so großmütig sein, uns für unsere Dummheiten bei einem Grog die Köpfe zu waschen. Uns friert; wir wollen einen trinken.«

»Mir ist sehr warm!« sagte er überrascht. »Aber wenn ich an die Geschichte zurückdenke, krieg' ich freilich nachträglich das Gruseln.«

»Sie sind ja eine komplette Wasserratte!« rief Martens.

»Ich denke nicht dran,« entgegnete Steen. »Dies war meine dritte Kahnfahrt. Ich würde keinem raten, mir auf dem Wasser sein Leben anzuvertrauen. Aber mir geht etwas ab, was auf dem Wasser sehr hinderlich ist.«

.»Nun?« fragte Martens gespannt.

»Die Saloncourage,« versetzte Steen.

An die Zeitknicker.

Ich war ehemals Beamter. Beamte, Soldaten, Schüler und dergleichen pflegen gegen den Morgen hin am schönsten und innigsten zu schlafen. Es bleiben ihnen daher für den dornigen Weg zur Tagespflicht nur die unumgänglich notwendigen Minuten und Sekunden. Meinen Weg zur Pflicht kreuzte damals an einer bestimmten Stelle eine Straßenbahn, und auf diese Bahn setzte ich immer und immer wieder die letzte Hoffnung eines gewissenhaften Beamten, der gern schläft und doch rechtzeitig zum Dienst kommen möchte.

Die Polizei hatte damals die Verfügung getroffen, daß die Trambahnen nicht wie früher nach, sondern *vor* Kreuzung einer Straße zu halten hätten. Wer die gekreuzte Straße heraufkam, wußte daher nicht, ob ein Wagen in der Nähe sei; wenn er ihn aber sah, dann war's zu spät. Das heißt, ich, ich wußte es ganz genau, daß die Tram hinter der Ecke lauerte, wenn ich die lange Humboldtstraße heraufkeuchte. Deutlich sah ich sie im Geist, wie sie horchend dastand, mit tückisch funkelnden Laternengläsern. Jetzt – jetzt hatte ich nur noch eine Minute bis zur Ecke, dann –

»Bing, bing, bing, bing!« Und siehe da: mit festlichem Geläute fuhr sie dahin und spuckte Feuer vor Vergnügen.

Es ging mir ja immer und überall so. In unsern großen Postämtern gibt es viele Schalter, damit das Publikum schnell abgefertigt werden könne, z. B. drei oder vier Schalter für Postanweisungen! Sie sind allerdings immer bis auf einen geschlossen, und vor diesem einen pflegt sich eine größere Volksmenge zu stauen. Wenn ich eine Postanweisung oder einen Einschreibebrief anbringen wollte, so pflegte ich an fünfundzwanzigster, vielleicht auch einmal an vierundzwanzigster Stelle Aussicht aufs Drankommen zu haben, und sicher war unter meinen glücklicheren Vorgängern der Bote eines Geschäfts, das heute siebenundfünfzig Einschreibesendungen eintragen ließ, und mit tödlicher Sicherheit klappte der Beamte, sobald die Reihe an mich kam, den Schalter zu, um erst eine größere und schwierigere Addition vorzunehmen, einen statistischen Jahresbericht zu machen oder sonst dergleichen.

In allen diesen Zufällen lag eine Absicht, das war mir klar. Es ging mir ja genau so bei Steuerkassen, bei polizeilichen und militärischen Meldungen, bei meinen jährlichen Besuchen auf dem Standesamt. Wenn ich ein Kind anmelden wollte, dann hatte alle Welt Kinder gekriegt oder wollte eine dahinzielende Verbindung eingehen. Wenn ich eine Eisenbahnstrecke befahren wollte, wo die Züge stündlich verkehren, so erwischte ich regelmäßig den Zug, der achtundfünfzig Minuten nach meinem Eintreffen auf dem Bahnhof abzugehen bestimmt war usw. usw.

Ich wurde verbittert. Als gerecht empfindender Mensch konnte ich ja nicht leugnen, daß ich auch schon einmal eine Trambahn rechtzeitig erreicht hatte, daß ich auch schon einmal allein am Postschalter gestanden hatte; aber das geschah so lächerlich selten, daß aus solchen Zufällen die Perfidie, die heimtückische Absicht des Schicksals, mich zu foppen, erst recht deutlich erkennbar wurde; solche Glücksfälle gewannen mir denn auch nur ein Lachen bitterßten Hohnes ab.

Mein Zustand wurde bedenklich; mein Sinn umdüsterte sich mehr und mehr; ich drohte mit dem Leben zu zerfallen; es erschien mir endlich wie ein einziger verfehlter Anschluß.

Ich dachte, ich sann, ich grübelte, wie dieser immerwährenden Pein zu entrinnen wäre.

Und siehe, mir kam ein Einfall von verblüffender Genialität. Wie, dachte ich, wenn du am Abend zehn Minuten früher zu Bett gingest und dich am Morgen um ebenso viele Minuten früher erhöbest?

Aber woher die zehn Minuten nehmen? sagte ich mir. Du bist ein über und über mit Arbeit beladener Mann und schläfst kaum so viel, wie du solltest! Laß sehen! Schlage nach im Buche deines Tagewerks –

Und ich schlug nach, und ich fand hier fünf Minuten, die ich unnütz verbrachte, und dort zehn und da sieben und da drei und – ja, was war denn das? Ich fand trotz all meiner Arbeit und all meinem Fleiße hier und da ganze Abende, ganze Nachmittage, die ich totschlug.

Ich stand also zehn Minuten eher auf. Die Wirkung war erstaunlich. Ich erreichte am andern Morgen nicht nur den Straßenbahnwagen, auf den ich es abgesehen hatte, sondern schon den vorhergehenden. Ich hatte meine morgendlichen Verrichtungen mit Ruhe vollführt und war deshalb früher fertig als je.

Ich wandte das einmal bewährte Prinzip auf Eisenbahnen an, auf Konzert- und Theatergänge, aus Vorstandssitzungen – es klappte. Wenn ich an einen zwanzigfach belagerten Postschalter kam, so überlegte ich, ob ich meine Sendung nicht ebensogut ein paar Stunden später oder am folgenden Tage oder bei einem andern Postamt aufgeben könne, und siehe, die Frequenz an den Postschaltern nahm zusehends ab.

Die Zahl der polizeilichen Meldungen, der Geburten, Eheschließungen und Sterbefälle ging offensichtlich zurück. Die Beförderungsmittel änderten ihr Benehmen gegen mich vollständig. Sie wurden dienstfertig, entgegenkommend, liebenswürdig. Ich brauchte nur eine oder zwei Minuten zu warten, so kamen sie daher, ja, oft erschienen sie gleichzeitig mit mir an der Straßenecke, wie zu meinen persönlichen Diensten bestimmt, ja, ihre Freundschaft ging so weit, daß, wenn ich dennoch einmal zu spät kam, auch sie die erforderliche Verspätung hatten.

Da fiel es wie Schleier von meinem ganzen Wesen.

Ha, riefen meine Gedanken, solltest du früher in deiner Reizbarkeit und Krittlichkeit nur die unglücklichen Zufälle verallgemeinert, die glücklichen aber ignoriert haben? Solltest du übersehen haben, daß du selbst die Schuld an der Unrast des Lebens trugst? Hat sich etwa die Welt geändert? Um deinetwillen gewiß nicht. Also hast wohl du dich geändert? So ist es. Du hast das große Geheimnis eines ruhevollen Lebens gefunden: wenn man sich Zeit nimmt, dann hat man Zeit. Lerne nur, dir Zeit zu nehmen; so viel Zeit ist immer da – so könnte man das Goethesche Wort vom Glück variieren, zumal ja Glück und Ruhe des Gemüts fast genau das gleiche sind. Du warst nicht nervös, weil du keine Zeit gehabt hättest, sondern du hattest keine Zeit, weil du nervös warst. Das ist's. Du besannst dich – und du warst glücklich.

Und in meinem großen Herzen gedachte ich mitfühlend der Leiden meiner Mitmenschen.

Zu Millionen und Abermillionen sah ich sie ringsumher an Telephonen stehen und in nervösen Krämpfen an der Sprechschnur zappeln wie Maikäfer, die ein grausamer Dämon an einen Faden gebunden hat, sah sie zucken und zappeln, weil die Herstellung des Anschlusses zwei, man entsetze sich: zwei Minuten dauerte; ich sah sie in Eisenbahnen sitzen und bei einer Verspätung von fünf Minuten über »diese skandalöse Bummelei« fluchen; ich sah sie beim letzten Ton eines Konzerts, beim letzten Wort des Schauspielers mit der Anfangsgeschwindigkeit moderner Geschosse in die Garderoben flitzen, sich wie bei einer Panik in die Ausgänge quetschen und die Straßenbahn überfallen wie eine ausgehungerte Festungsarmee einen Proviantwagen, obwohl sie viel gescheiter täten, zu Fuß zu gehen und die Eroica unter einem Sternenhimmel ausklingen zu lassen – ich sah das alles, und ich mußte fragen: warum? warum?!

Mißversteht mich nicht! Ich weiß wohl, daß wir das Tempo unseres Lebens nicht zurückschrauben können auf das Tempo unserer Großeltern oder auch nur unserer Eltern; die fortschreitende Beschleunigung aller menschlichen Geschäfte, selbst der Totenbestattung, geschieht wohl auch nach einem Gesetz der Entwicklung. Ich weiß auch: ein Leben kann so wertvoll und so berechnet sein, daß jede Minute kostbar ist, obwohl das ein äußerst seltener Fall ist und im allgemeinen nicht die größten Lebenswerke in der Hast geschaffen wurden; ich weiß auch, daß jeder von uns in die Lage kommen kann, um eines unnützen Aufenthaltes von einer Minute willen alle Gestirne des Himmels durch den Hauch seiner Flüche zu verdunkeln. Im allgemeinen aber – es tut mir leid, Ihnen das sagen zu müssen, meine Herrschaften – erinnert mich die Eile der Reisenden und Fernsprechenden, der Straßenbahnfahrer und Konzertbesucher an ein Spiel der Kinder, die zuweilen bei Tische den Einfall kriegen: »Wer zuerst seinen Teller leer hat!« und dann wie unsinnig zu löffeln anfangen, um des Glückes willen – zuerst fertig zu sein. Findet ihr auch einen Spaß darin, mit dem Gericht des Lebens zuerst fertig zu sein? Wie ein epidemischer Wahnsinn erscheint mir oft diese allgemeine Hast, wie eine Narrheit, von der selbst ganz vernünftige, philosophisch angelegte Menschen ergriffen werden, z. B. ich.

Ich hatte einen tiefglücklichen Abendspaziergang am einsamen Elbufer hinter Blankenese gemacht und wollte nun mit der Eisenbahn nach Hamburg zurückkehren. Als ich den Bahnsteig betrat, erscholl das Zeichen zur Abfahrt. Und obwohl ich absolut nichts zu versäumen hatte, obwohl es mir vollkommen gleichgültig sein konnte, ob ich mit diesem oder mit dem eine Viertelstunde später fahrenden Zuge heimkehrte, stürzte ich auf den schon in Bewegung befindlichen Zug los. Ich ergriff die Handhabe neben der Tür eines Durchgangswagens und wollte aufs Trittbrett springen, sprang aber fehl und hing nun an dem fahrenden Wagen; überdies wollte sich die Tür nicht öffnen lassen, kurz: ich befand mich in einer bedenklichen Lage, bis ein Schaffner mir half. Zum Glück hatte ich dann den Wagen ganz für mich allein, so daß ich, nun mit einem Male wieder ein ganz vernünftiger Mensch, mir mit lauter Stimme all die Komplimente sagen konnte, die mir rechtmäßig zukamen.

Wäre ich bei dieser Gelegenheit zu Tode gekommen und hätte mich im Jenseits einer gefragt: »Aus welchem Grunde hast du dein Weib zur Witwe und deine Kinder zu Waisen gemacht?« so hätte ich ehrlicherweise nur antworten können: »Aus vorübergehender, aber vollkommener Blödsinnigkeit.«

Zeit ist nicht nur Geld, sie ist viel mehr und viel besseres als Geld, und darum soll man sie nicht verschwenden. Aber noch viel weniger soll man ein Zeitfilz, ein Zeitknicker sein und die Sparsamkeit mit der Zeit ins Kleinliche und Schäbige treiben. Die Athener nannten den hastigen Gang des Gerbers Kleon einen »unanständigen Gang«, und sie hatten recht. Diese ewige Unrast und Eile, dieses Knickern mit Sekunden geben unserm ganzen Leben etwas Würdeloses, Ordinäres und Lächerliches. Wir machen es mit der Zeit wie mit dem Geld: wir sparen sie am falschen Ort. Hier wenden wir ein Nickelstück zehnmal um, bevor wir es hergeben, und dort werfen wir Goldstücke zum Fenster hinaus. Revidiert einmal ernstlich euren Verbrauch an Zeit, revidiert z. B. einmal das Konto »Gesellschaftliche Verpflichtungen« und überlegt euch, wieviel Zeit ihr für sinn- und reizlose Diners und Soupers, für eine vollkommen wertlose, rein konventionelle Geselligkeit vergeudet, und ihr werdet euch wundern, staunen werdet ihr, wieviel Kleingeld und Scheidemünze zur glatten Abwickelung eurer täglichen Geschäfte ihr daraus machen könnt!

Ich hatte einst einen gescheiten Mitschüler, der, wenn er antworten sollte, sich vor Eile stets verhaspelte und gewöhnlich eine

Dummheit hervorstotterte. Einer unserer Lehrer aber sagte jedesmal, bevor er den Stotterer reden ließ:»Ruuu–hig, nur immm–mer ruuu–hig,« und dieser Zuspruch war von so suggestiver Gewalt, daß der Gefragte glatt und ohne Anstoß und ohne verhängnisvollen Zeitverlust die richtige Antwort gab.

Wir machen es wie jener Schüler. Wir stottern ohne Not unser Leben hervor, anstatt es ruhig zu veratmen. Wir sollten uns einen würdigen Papagei mit einer Baßstimme halten, der uns jeden Morgen, wenn wir aus dem Bette steigen, zuriefe:»Ruuu–hig, nur immm–mer ruuu–hig!« Wir sind ja so entsetzlich nervös – nur aus Nervosität. Nichts befördert nämlich die Nervosität mehr als Nervosität. Das klingt wie der Satz, daß die Armut von der pauvreté herrühre, hat aber doch etwas mehr Sinn. Regt euch nicht auf um Lappalien, wütet nicht über den Verlust von Minuten und Viertelstunden, wenn's nicht durchaus nötig ist; *beginnt* euer Tagewerk mit ruhiger Hand und ruhigem Auge, als wenn es wirklich und wahrhaftig auf anderthalb Minuten mehr oder weniger gar nicht ankäme, und ihr werdet euch wundern, wie sanft der Tag verfließt, ihr werdet bald entzückt sein, welch eine Ruhe, welch ein Behagen euer ganzes Nervensystem durchrinnt.

Freilich gibt es noch ein besseres Mittel, ein unfehlbar wirkendes: das ganze Leben nicht allzu ernst nehmen! Wenn man genug zu essen hat, sich selbst durch Gewinn oder Verlust von 10 000 Mark oder 100 000 Mark oder noch viel mehr nicht aus der Fassung bringen lassen! Wenn man Freude im Wirken und Schaffen findet, nicht danach fragen, ob der »Ruhm« nach zehn Jahren oder nach dreißig oder erst nach dem Tode oder überhaupt nicht komme! Sich immer gegenwärtig halten, daß man seines Glückes Schmied ist, insofern als das Glück, dieses spinnwebzarte Goldfiligran, nur in der eigenen Brust geschmiedet wird! Das ist ein wunderbares Mittel! Wer das anwendet, dem klingt es aus allen Bäumen und Büschen, ans Licht und Dunkel, aus Höhen und Tiefen:»Ruuu–hig, nur immm–mer ruuu–hig!« Dieses Mittel heilt alle Nervenschmerzen. Unter Garantie! Es hat nur einen schlimmen Fehler, das Mittel. Es ist furchtbar selten.

 tredition®

Über tredition

Eigenes Buch veröffentlichen

tredition wurde 2006 in Hamburg gegründet und hat seither mehrere tausend Buchtitel veröffentlicht. Autoren veröffentlichen in wenigen leichten Schritten gedruckte Bücher, e-Books und audio-Books. tredition hat das Ziel, die beste und fairste Veröffentlichungsmöglichkeit für Autoren zu bieten.

tredition wurde mit der Erkenntnis gegründet, dass nur etwa jedes 200. bei Verlagen eingereichte Manuskript veröffentlicht wird. Dabei hat jedes Buch seinen Markt, also seine Leser. tredition sorgt dafür, dass für jedes Buch die Leserschaft auch erreicht wird.

Im einzigartigen Literatur-Netzwerk von tredition bieten zahlreiche Literatur-Partner (das sind Lektoren, Übersetzer, Hörbuchsprecher und Illustratoren) ihre Dienstleistung an, um Manuskripte zu verbessern oder die Vielfalt zu erhöhen. Autoren vereinbaren direkt mit den Literatur-Partnern die Konditionen ihrer Zusammenarbeit und partizipieren gemeinsam am Erfolg des Buches.

Das gesamte Verlagsprogramm von tredition ist bei allen stationären Buchhandlungen und Online-Buchhändlern wie z. B. Amazon erhältlich. e-Books stehen bei den führenden Online-Portalen (z. B. iBookstore von Apple oder Kindle von Amazon) zum Verkauf.

Einfach leicht ein Buch veröffentlichen: **www.tredition.de**

Eigene Buchreihe oder eigenen Verlag gründen

Seit 2009 bietet tredition sein Verlagskonzept auch als sogenanntes "White-Label" an. Das bedeutet, dass andere Unternehmen, Institutionen und Personen risikofrei und unkompliziert selbst zum Herausgeber von Büchern und Buchreihen unter eigener Marke werden können. tredition übernimmt dabei das komplette Herstellungs- und Distributionsrisiko.

Zahlreiche Zeitschriften-, Zeitungs- und Buchverlage, Universitäten, Forschungseinrichtungen u.v.m. nutzen diese Dienstleistung von tredition, um unter eigener Marke ohne Risiko Bücher zu verlegen.

Alle Informationen im Internet: **www.tredition.de/fuer-verlage**

tredition wurde mit mehreren Innovationspreisen ausgezeichnet, u. a. mit dem Webfuture Award und dem Innovationspreis der Buch Digitale.

tredition ist Mitglied im Börsenverein des Deutschen Buchhandels.

Dieses Werk elektronisch lesen

Dieses Werk ist Teil der Gutenberg-DE Edition DVD. Diese enthält das komplette Archiv des Projekt Gutenberg-DE. Die DVD ist im Internet erhältlich auf **http://gutenbergshop.abc.de**

Zeitfracht Medien GmbH
Ferdinand-Jühlke-Straße 7
99095 Erfurt, Deutschland
produktsicherheit@kolibri360.de